宮地伸一の秀歌

雁部貞夫［著］

Karibe Sadao

現代短歌社

1991年３月　伊予大島への途上
（雁部貞夫・撮影）

命あり海渡り来て
この春も黄砂にかすむ
魚島を見つ

宮地伸一

目次

Ⅰ 『町かげの沼』（第一歌集）の時代㈠

Ⅱ 『町かげの沼』（第一歌集）の時代㈡

Ⅲ 『夏の落葉』(第二歌集)の時代

Ⅰ　『町かげの沼』（第一歌集）の時代㈠

1　長い作歌人生——四期に分ける

宮地伸一という歌人は、アララギ流の写実の骨法を若いころから備えていた。

第一歌集『町かげの沼』（昭和三十九年・白玉書房）の「後記」にアララギ入会時の面会日で土屋文明の直接指導を受けた日のことをかく記す。

「第一首を読んだ先生が『うまいね』と小声で言はれた。それから、一、二度『うまいね』があつて、次の五首に丸をつけてくださつた」。

そのうち一首を記す。

・湖(うみ)ぞひの道通りきて朝まだき笹生にさがす大江広元の墓

作者はこの時弱冠二十歳、翌年には大泉師範を卒業して、小学校の教師となった。

その生涯の作歌は次の四期に分たれる。㈠は戦中の兵士（暗号兵）としての歌。㈡は南方から復員後、東京、葛飾区立の中学校で長く続けた教員生活。㈢は昭和四十七年（一九七二）五月からアララギ選者としての作歌生活と妻康子の発病と死。㈣はアララギ終刊以後、十四年間続けた「新アララギ」代表。そして死の病床での作歌とその終焉。

［第一期］昭和十七年召集された宮地は、二十二歳で厳寒の北満の最北の地「黒河」に駐屯。若い兵士として注目すべき作品を残した。

・スターリングラード保てるままに冬越すかこの国境も既に雪積む
・ワクデ島は白煙に包まれてありといふ涙流れて電文を解く

この二首目の作は南方のセレベス島の第二方面軍司令部付きの暗号兵としての任務中の一齣。

[第二期] 南方戦線から生還した宮地の、教師としての歌を解説抜きで掲げよう。

・どの国も教師らはかく貧しきか列乱れ風の立つ坂くだる
・工員となり大方は果てむ子らに松倉米吉の歌を教へつ
・谷川に足ひたし少年は論じ合ふ六百余りの基地もつことを

こうした時代の中で宮地は結婚し、幸福な家庭を営み、作歌の充実期を迎える。

・あたたかき磯の光に二人して白きたんぽぽを掘らむとぞする
・子らのためナイフあたためパンを切る怠り過ぎしひと日の夕べに

[第三期] 昭和四十七年、宮地はアララギの選者となった。五十二歳であった。この年の十月に「短歌研究」に発表した「足尾行」の百首詠は、田中正造歿後百年を迎える今の時代に再評価されるべき大連作である。

その数年後、妻康子は肝臓癌のため死去、四十五歳。

・青葉の坂ひとり歩めり妻病めばこの世に楽しきものなくなりぬ
・頭下げて医師は去りたり灯のしたにまだあたたかき妻の手をとる

・癖のある文字もなつかし丁寧につけたる家計簿大切に持つ

社会の変動と共に荒廃してゆく学校現場を歌った数々の作品もあるが割愛する。

［第四期］晩年の時代からは、アララギ終刊を詠んだ作品と、宮地の最晩年の死の床にあった折の作を数首紹介したい。

・何とでも人言はば言へアララギの終焉、没落、破滅そのほか

・日本語のいよよ崩れむとする時に日本語守りしアララギは死す

・あと百年ののちの短歌と世の中を思ひやる時心わき立つ

2　出征――「武運長久帖」のこと

前述のように、私は宮地伸一という戦前からのアララギの生え抜きの歌人の作品を四つの時期に区分して、そのラフ・スケッチを試みた。

いよいよ初めに宮地の最も若い時代、特に召集を受けて北満州の最果ての地、黒河(コツカ)へ赴く若い一兵士としての作品を読んで見よう。

①幾たびか夜なかめざめて吾は思ふけふより兵となれるこの身を

②やうやくに老い給ふ君やわが帰らむ時もま幸くあれと乞ひのむ

宮地伸一の第一歌集『町かげの沼』（昭三十九年刊）の冒頭部は①の歌から始まる。この歌

集には小題は全くなく、年次を以って、分たれている。

①の作は「入営」（昭和十七年）と注されているが、昨日までは小学校の教諭として少年少女らを教えていた身が、一転して、生死ただならぬ場へ投入される若い兵士の緊張感が伝わってくる作品である。

この時点では、宮地の所属する部隊の行き先は兵士らには知らされていなかったであろう。

②も右の作品のしばらく後、同じ年の作だが「北満にて」とあり、部隊は満州北部の某地（実際はアムール川上流のソ連の都市ブラゴエチェンスクと対峙する黒河地域）へ駐屯した。

この作の意はようやく老いの気配の見え始めた君、すなはち土屋文明先生も、私が命ながらえて帰国する暁まで、無事でいて欲しいという意である。

この歌で鑑賞の要（かなめ）となるのは「ま幸くあれ」だ。宮地の入営する前に土屋文明はこの若い門下を送別する宴を設けた。その時のアララギ発行所の友人、先輩八人がこぞって惜別の歌を詠んだが、その時の文明作品に「吾等八人一つになりて君を思ふ真幸かれこらへよ苦しき時も」がある。「真幸かれ」と文明先生が念じてくれたことに応えた歌なのだ。

この席で文明は「吾は老い君は今日よりいでゆけば二度会はむ気をつけあひて」とも詠んでいる。この時に同席した五味保義、相沢正（のちに出征し、北支で戦病死）らの作が、出征兵士を鼓舞する勇壮な調子の歌が殆どだったが、文明ひとりは、右の如きヒューマンな歌を詠んでいる事に注目すべきであろう。

この時「武運長久帖」と題する画帳（折本）にそれぞれが右のような歌を墨書して宮地へ贈った。後年、宮地はこの大切な「帖」を土屋文明記念文学館へ寄贈している。

なお、前述の文明作品は、歌集『少安集』中に「宮地伸一君送別」と題して、十二首収められている。一人の門下にこれ程多くの歌を詠んだのは、稀有のことである。

宮地が満州へ出征した頃の関東軍の兵力は約七十万人。その最盛期にあったが、翌年の昭和十八年に入ると、この最強の軍団の兵員、武器弾薬は、苦戦を続ける南方戦線へ転用。

宮地伸一も足かけ二年の酷寒の地から一転して、暗号兵として南方へ移動し、結果的には過酷な運命を何とか回避することが出来たのである。

3　若い兵士の歌――北満にて

もうしばらく、昭和十七年以降の北満、しかもその北端の「黒河（コッカ）」周辺に駐屯していた時の作品を採り上げよう。この時の作者は弱冠二十二歳の初年兵であった。
①鳴ききほひ北へ渡れる雁見れば国境に何のかかはりもなし
②ふるさとより来たる便りに幾たびか北の護りといふ文字ありぬ
③傾ける青野の末に煙ほそしわが国籍の汽船行くらむ

④うらぶるる心よ雁のこゑ過ぎて枯れゆく草のなかに伏しつつ

⑤スターリングラード保てるままに冬越すかこの国境も既に雪積む

⑥枯原の遠くさむざむと河流れいのち捨つべき彼の国が見ゆ

⑦乞ひねがふ学問すらに身につかず一生（ひとよ）のいのち過ぎてゆくらむ

右の諸作、中国大陸に於ける生々しい戦闘の場面を歌った出征兵士たちの作品集『支那事変歌集』（昭十五刊）に収められた歌とは異なる印象を受けるのは、宮地作品には終戦に至る迄、直接の戦闘場面に遭遇することがなかったため、却って作品の叙情性の純度が高くなったためである。

ちなみに、前述の歌集に収載されているアララギの兵士である作者数は百十名、作品数は約二千六百余首（この数字にも端的に戦争の時代相が示されている）。

なお作品の選抜には斎藤茂吉と土屋文明が当った。歌集後半は前半に匹敵する数のいわゆる銃後の作品が併載されている。

参考のために右のうち特に秀れた戦場詠を多く残したアララギの作者の名を記しておこう。

⑴青山星三、⑵浅見幸三、⑶上原吉之介、⑷瓜生鉄雄、⑸上稲吉、⑹神山南海男、⑺菰淵正雄、⑻鈴木正三郎、⑼高木八郎、⑽生井武司、⑾波多野土芝、⑿藤原哲夫、⒀森快逸、⒁渡辺直己、⒂井上顕道などなど。

右の中には数十首の作品を載録されている作者も多い。階級も部隊長クラスから一兵卒に至る迄さまざまである。

右の日中十五年戦争前半の従軍兵士の作品はいわば合同歌集としてまとめられたが、それに続くべき、少しあとの時代の兵士たちの歌、特に南方戦線に従軍した人々の歌は少数の人の作品は別として戦前にまとめられていない。本格的な昭和短歌史として論ずるならば、空白の部分とも言えよう。

さて、先きに掲げた宮地作品について言えば、①に見られる「雁」の歌には、兵士として、隔絶された北満の地で、自由に行動できない自身の心境を帰雁に託した作と思われる。青年の歌人特有の濁りのない純度の高い作。後年の宮地作品は、清濁併せた境地に至るが、本来はこの清潔で濁りのない歌が、この歌人の本質を示す。「雁」はもちろん茂吉の有名な「残雁行」（昭八作品）などが意識下にあったであろう。

②、③、④などの望郷や憂愁に沈んだ心情を表現した歌も印象に残るが、この辺りでの秀作を一首だけ挙げれば、⑤の「スターリングラード」戦に思いを馳せた歌になる。

この作では独ソ両軍の攻防を思いつつ、戦場に於ける兵士たち、特に防衛する側の兵士たちの運命への同情を秘めた作品だと私は受けとる。忘れ難い秀作である。

4　北満から南方の島へ

宮地伸一の戦地詠（北満駐屯の頃）はおよそ二ヶ月に一度の割合で、アララギに掲載されている。従って発表された作品も多い。軍事郵便の送達方法がその頃は大陸と日本との間で確立していたためであろう。又、歌の内容は自己規制していただろうが、検閲も一般に考えられている程、厳しいものとは、宮地作品に関しては思えない。いわゆる「伏せ字」が、彼のアララギ掲載の作には見られないのである。

ここでは、昭和十八年に入ってからの北満詠を取り上げよう。この年の秋には南方戦線へ移動することになるのであるから。

①ひとしきり狼のこゑ聞えたりかの雪谷を越えてくるらし

②北極星まうへに近く輝きて永久（とは）なるものを嘆かざらめや

③幾分か誇張ある新聞の報道も沁みて読むらむわが父母は

④きぞ降りしひと夜の雨に赤濁り流るる河を砲艦行けり

⑤海越えて遠く来りし君が歌集この町店の棚に古びぬ

①は警備に当っている北満最北の地の様子を鮮明に把えた作。「狼のこゑ」と「かの雪谷」の語句がよく照応している。兵営内か野外での光景かわからぬが、後者であるならば、防寒具

に身を固め、銃を手にして警備する若い兵士の姿が彷彿として来る。

②宮地作品をあらわす一つの特徴は天体、星への関心の高さであり、そこには、この作者の、はるかなるものへの憧れ、純粋なものへの願いがこめられている。下の句の詠法がそれである。「……嘆かざらめや」と、強い思いを屈折させて印象を強くしている。

③のような冷静な詠みぶりも作者特有のもの。即ち「幾分か誇張ある新聞」はその現われだ。

④ここに出ている「砲艦」は友軍のものであろう。何か親しげな気持の出ている作だ。赤く濁っている河は、アムール川（黒竜江）で、その北岸の都市にはソ連の部隊が駐屯している。さいごの⑤に出てくる歌集は、多分、茂吉か文明のものであろう。数年前までは親しく謦咳に接し、教えを受けていた師の歌集が意外にも本土を遠く離れたこの地の本屋に埃りをかぶったように置かれている、というのだ。なつかしさと寂しさの入り混った感慨である。

この年の秋、十月に宮地は暗号兵として南方の第二方面軍司令部へ転属。その場所の標示は「豪北」（オーストラリアの北の意）と、アララギ掲載作品でも記されている。初めはフィリピンのダバオにしばらくいたが、大陸から輸送船にのって洋上を航行中の感慨を次のように歌っている。

・ふたたびは帰らふまじきいのちゆゑかの雪谷を夢にだに見よ
・いつしかもうつつに海のうへにをるわが命をばあやしみにけり

初めの作の「かの雪谷を夢にだに見よ」の強い語勢は、土屋文明の北海道へ初めて渡った折の名作「かがやく雪の蝦夷島は見よ」の持つ響きと共通し、恐らく作品制作時の脳裏に浮んでいたと思われる。

5　暗号兵の歌

これまでに、この連載の文中に引用した例歌は全て宮地の第一歌集『町かげの沼』（昭三十九）によるが、この歌集に収載された歌は厳選であり、満州や南方作品でも、少し類似した作や、作中の一部に不十分な語句の使われている作は捨てられていることに注意したい。こうして残された七百五十首ほどの中から、五味保義にさらに選を仰ぎ、六百四十首を収載したのであった。

この章で採り挙げる作品は、満州から南方へ転属し、始めにフィリピンのミンダナオ島のダバオに駐屯した昭和十八年十月から翌十九年にかけての作品である。

①穀象虫よけつつ食らふ粘りなき飯（いひ）にもやうやくなじみゆくらし

②ビスマルク諸島に及べる反攻を心にしつつ年暮れむとす

③椰子の木の木蔭涼しく風通ひしばしば思ふ遠き満州

一首目はフィリピン（比島）へ転属して間もなくの作。何となく、のどかな雰囲気のある歌だが、比島より更に南の島々では、すでに重大な事態に立ち至っていた。②の作品では「反攻」という言葉を使っている事に注視したい。

昭和十八年の南方戦線の実態は、と言えば、二月には日本軍は、米軍と死闘をくり返したガダルカナル島（飢餓の島、即ち餓島と呼ばれた）から撤退、五月には北洋のアリューシャン列島西部の小島、アッツ島も「玉砕」し、更に連合艦隊総司令官、山本五十六大将（のちに元帥）は南方最大の航空基地（海軍）のラバウル（ニュー・ブリテン島北東部の港）から東部前線を視察する途中、ブーゲンビル島付近で、米空軍機に迎撃され、乗機もろとも墜落、戦死した。

この頃には、右の事実が物語る如く、日本軍による制空権、制海権はすでに失われており、「反攻」そのものが全く望めない情況になっていたのである。

しかし、比島南部のダバオにはまだ激しい爆撃もなく、転属する前の北満を思う心の余裕があったのだ。

④明けくれにクェゼリン島の戦闘をただに気づかふかの小島ゆゑ

⑤アッツ島死守せし兵の時となくその叫ぶこゑ我はききつつ

比島での作品は、殊に右に掲げた二首が心にひびく。④の「クェゼリン島」は南太平洋上の小島。通常ならば問題にもされないような島でも、何らかの戦略上の拠点として意味があれば、米軍の激しい攻撃の対象とされ、「玉砕」したのである。暗号兵だった作者には、その直前の戦況が生々しく伝わるのである。「かの小島ゆゑ」の結句が何とも切なくひびく。

⑤の「アッツ島」の「玉砕」も日本本土の国民は知るすべもなかった。この北洋の小島は始めは、日本軍が無血占領し、その後の米軍の猛烈な「反攻」により、守備隊長の山崎大佐以下数千の将兵が戦死した。作者はその攻防の必死の姿を、リアル・タイムで傍受したのだ。慟哭の声が聞えて来る。

6　セレベス島の歌

今回の作品は、フィリピンのダバオから、はるか南のセレベス島へ移動し、同地で終戦を迎えるまでの歌について記したい。

この島はKの字を少々デフォルメしたような奇妙な形をしていて、台湾や九州をひと回り大きくしたような島。当時、日米の主戦場は、フィリピンやその周辺の太平洋上の島々へ移り、セレベス（現・スラウェシ）自体は戦さから取り残されたような形になって、比較的平穏な日々が続いたようである。

しかし、実際に宮地がこの地で得た戦時下の作品はわずかに十首。勿論、すでにアララギへ定期的に寄稿するのは不可能な状況だったのである。そのような状況を詠んだ作品がある。

①星さやけき夜半に出でつつ制海権制空権といふを思ひつ

主戦場から遠く離れたこのセレベスでは、南十字星を初めとして、星々の宴を仰ぎ見ることが出来るが、制海権も制空権も、共に失われた今、必死の戦いを続けている島々では、どんな状況になっているのか。わが祖国への空襲もしばしば行われている筈だから、日本の同胞たちは、どのような状態なのであろうかと歌っているのだ。なお、この年七月にはサイパン島も「玉砕」。そのことは暗号兵たる作者はすでに把握していたに違いない。

②海なかの小島にいまだたてこもり戦ひつづくとききつつもだす

③ワクデ島は白煙に包まれてありといふ涙流れて電文を解く

前述したように暗号兵という特殊な任務に就いている作者。恐らくは「玉砕」寸前の島の様子が、セレベス在留の誰よりも早く、キャッチされているのだ。

必死の叫びのこもった電文を解読する作者の悲痛な思い、悲憤の思いが伝わり、臨場感あふれる作である。

歌集『町かげの沼』の戦時詠の最終の作品は次の一首である。

④吾とともに絶えず居るべき万葉集あるときは悲し生物の如

セレベス島で、若い作者（当時二十四歳）が、わずかに携帯することを許されていた本の中に万葉集があった。抜粋ならば茂吉の『万葉秀歌』であり、全巻収載のものならば、佐佐木信綱編の『白文・万葉集』(岩波文庫)であったと思われる。後者は文庫本といっても、やや大型の判であったに違いない。

その後、宮地はさらに七十年(九十一歳)という長い生命を全うしたが、それはあく迄も結果であり、当時の戦況の全く絶望的な迄に、敗勢の濃い中で、すがり得るものは、わずかに「万葉集」のみだという切なさの籠った作である。

さいごにこのような戦時詠は、どのようにして日本へもたされたか、について言及したい。宮地の直話(いくつかの文章にも記されているが)によれば、戦時中に作っていた歌の多くは(ノートなど)収容所を出て引揚げ船に乗る前に、焼却を命ぜられた。ごく少部分ゲートルに巻き込んで救われたということだ。

7 終戦

今回は昭和二十年八月十五日以後、セレベス(現・スラウェシ)島の捕虜収容所(オランダ軍統治)に於ける収容生活を経て、翌二十一年九月、セレベス南端の港(パレパレ)を出港し、故国日本へ向けて復員船へ乗り込む迄の約一年間の作品を鑑賞したい。

歌の世界でも、宮地伸一のような戦前の兵役経験者がどんどん姿を消し、七十から八十歳くらいの戦中に生まれた人々が辛うじて、戦時下の苛烈な時代の記憶や体験を持つが、その後の世代の生活体験とは、そこで一線が画(かく)される。

ましてや、現代は憲法改正（私にとって改悪としか言えない）を前面に押し出す政府や政治家が支持率六十パーセントを超える現状を謳歌するという恐るべき時代だ。

原発事故の後始末も出来ぬうちに、首相自らが、原発の技術を売り込みに外国へ迄出かけて長広舌を振るう国になってしまった。

まずは、「終戦」直後の宮地の歌をあげよう。

①偽りし日本よと思ふ者あらむ思ふべしうべも偽りにけり　　パラナ公学校
②さざめきて我を見てゐる生徒らよ皆はだしにて石板持てり　　同
③戦ひのために命は費えぬといふほど我は実戦をせず　　同

収容所生活のある日、外出を許されて土地の学校を訪れた日の述懐である。「聖戦」という名の下で、本来ならば平和の島であるべき所を、日本の統治下で、無茶な日本語教育などが行われた事も元々は教師であった作者には堪えがたい事であったに違いない。
③では大戦中でも暗号兵であった作者は彼我が肉迫して殺戮し合うような場面に出合うことはなかった、と詠む。
その事は幸運なことであったが、一方では一般的な兵士の立場から言えば他の兵士に対する、特に戦場で死んで行った人々を思う時、この作者へ生涯にわたる負い目を与えたのである。

④吹きよする谷まの風にパパイヤのうす青き花ゆらぐかすかに

⑤夕雲にかの山遠く見とめたる日は帰り来て地図に探しき　　セセアン山

⑥くきやかにま澄みの空にそびえ立つ青嶺（あをね）はつひに雪をかぶらず　　同

④のパパイアの青い花を詠んだエキゾシズム、⑤⑥の現地の三千メートル級の山岳を望見した作には、少年時代に日夜接した信州の山野への思いが交錯する。この頃、弱冠二十五歳であった作者の作風はあく迄も清潔、純粋であり、これは晩年に至るまで、この作者の持つ一つの特徴である。

⑦目の前にしぶきを上げて倒れたる木に鋸を当てはじめたり　　（昭21）

⑧米倉の下に日ねもす博奕うちどこの国でもよしといふならむ

⑨いつまでも長き夕焼見つつゐて堪へがたきかな日本思ふは

⑦は収容所の外で、森林伐採や道路作りなどの労働作業に従事する様子で、その作業はつらいばかりではなく、恐らくよい気分転換をもたらすのであろう。⑨の望郷の念を表出した作品をさいごに、いよいよ帰国に向けてパレパレの港へ宮地ら一万数千の将兵が集結することになる。

8　復員船に乗って——帰国へ

昭和二十一年六月、宮地は三年に及ぶ豪北の島セレベスでの生活を終えて、復員船にのり、帰国の途につく。

宮地ら一万数千人の将兵は、復員船に乗るべく、パレパレの港に集結する。この港はセレベスの首都マカッサル（現・ウジュン・パンダン）の北、数百キロの地。

「帰国前夜」と題する作品のうち、二首を記す。

①みづうみの如き入江や夜もすがら浪のさやぎの音も立たなく

②夜半すぎて椰子のあはひに仰げれば偽十字星(にせ)もかたぶきにけり

①は、明日はいよいよセレベスを離れ、故国日本へ向う前夜の感慨。夜の静まり返った海を前に、戦地での、しかも敗戦を迎えた現実と、故国への思いを胸に押さえてたたずむ作者の姿が彷彿とする。

②では、前作が静寂な海を眺めての作だったが、今度は南国の夜空を見上げての作。晩年に至る迄、好んで星を詠んでいたこの作者の最も早い時期の作例だ。

「偽(にせ)十字星」というからには、南十字星とよく似た星があり、星好きな作者は毎晩それを見るのを楽しんでいたに違いない。

次いで、「復員船十三首」と題する作品から数首鑑賞しよう。

③いたづらに永く守備せしセレベス島の今は遠ぞく雲の下になりて

④戦ひの真おもてに立つこともなくセレベス島に過ぎし三年か

⑤夜ふかく曇れる海の彼方には沖縄島のあるべしといふ

宮地の所属した南方第二方面軍（セレベス駐留）の将兵は約二万人くらいであったろうから、一、二隻ずつやって来る復員船（七、八千トン級の船と思われる）に順次、分乗したものであろう。引き揚げに際しても旧陸軍の軍隊組織がそのまま機能し、他の地域よりも平穏な引揚げ風景であったと思われる。

この一連では特に③④の作品に注目したい。③では「いたづらに永く守備せし」といい、④では「戦ひの真おもて立つこともなく」と暗号兵であった自分自身の立ち場を歯がゆいような悔恨の思いで回顧しているのだ。その陰には、誰よりも早く、玉砕した島々での将兵の叫びを、また電文を受けていた作者の悲痛な思いがあったのだ。⑤の「沖縄島のあるべし」という思いと通底するものがある。

やがて、琉球弧を離れて進路を大きく北東に向けた船は、故国日本の、目指す上陸地、和歌山（田辺）を指乎の間にする。その時の絶唱を記し、小文を結ぶ。

⑥霞みつつ紀伊の国見ゆ日本見ゆいのちはつひに帰り来にけり

9　大戦後の再出発

昭和二十一年の六月、宮地伸一は四年半に及ぶ兵役と、その後のセレベス島での収容所生活を終えて帰国した。

戦後の新しい学制による新制中学校の教師として再出発することになるが、昭和二十一年六月から翌年にかけて約半年ほどの時間的なゆとりがあった。

このことは、昨日までいわゆる「皇軍」の一兵士、しかも暗号兵として日本軍の終末期の悲痛、悲惨な戦闘の事実を誰よりも早く知らざるを得なかった、二十六歳の青年が終戦後日本の「民主」教育に従事するために、貴重な助走期間であったと言えようか。

この期間に宮地は、何よりも気がかりであった師たる土屋文明を上州の最北西部の山間の集落川戸に訪れている。不自由な生活を物ともせずに、文明は復刊したアララギのための、旺盛な短歌制作、『万葉集私注』の執筆、それに生活の糧を得るための農耕も自ら行っていた。

宮地の川戸行は、その年六月に帰国してすぐの、七月に行われた。その時の作品が「土屋文明先生　二首」と題して歌集『町かげの沼』に収められている（以下の作品も全て同書による）。

①わが痩せて来しをば言はす先生もいくらか白くなりぬみ髪は

②山坂を導きたまひ言ひたまふ肥（こえ）かつぎ此処にまろびしことを

終戦（敗戦）を間に挟んで五年ぶりの師弟再会の図である。この時に師たる文明も次の歌を以って応えている。これも又、秀歌だ。

○亡ぶとも湧く水清き国を信じ帰り来にしと静かに言へり（『山下水』）

○遠き島に日本の水を恋ひにきと来りて直に頰ぬらし飲む

橋本徳寿はその大著『土屋文明私稿』（古川書房、一九七五年刊）の中で、右の作品をはじめ、落合京太郎への作としたが、その後、その作中人物を宮地伸一とした詳しい経緯を述べている。私は中学生時代にその挿話を聞かされていた。

それは、川戸を訪れて直ぐ、文明先生が、「庭の筧の水を飲んで見給え」と言われ、筧の山水を飲んだ際、きっとこのことを文明先生は歌にするつもりだと予感したというのである。

なお、昭和二十二年に入り、宮地はアララギ創期の大先進の跡をしきりに訪ねている。左千夫と節への墓参である。④は節の墓での作品。

③とどろきてみ墓に迫りし炎ゆゑいたいたしきまでひび入りにけり

④いのち生きて還りしことも思ひ沁むかく静かなるみ墓のまへに

③は、亀戸の普門院の左千夫の墓を詠んだ。墓碑の文字は中村不折。墓前には木豇豆（きささげ）の樹が一本あり、大きな莢実を垂らしている。

学生の頃、文明先生が私たち数人をそこへ案内し、「これが『梓弓』の梓の木だよ」と教えてくれた。

10　キャサリン台風の前後

昭和二十二年の宮地の作品には戦後の最も典型的な風景、情景が歌われている。

この年の九月に襲来した台風には「キャサリン」と名付けられたが、この命名法一つをとっても、そこには戦前とは全く異なる、アメリカ文化に覆われて行く戦後そのものが、象徴されている。「キティ台風」などという名称と共に少年時代の私の記憶に鮮明に刻まれている。「水害十二首」と題された一連は歌集『町かげの沼』の前半部では、かなり目を引く作品群だ。

①ささやかに歩道のうへを流れそめし水を掬ひつ楽しきがごと
②筏よりあがり来りて夜おそくクレゾール水に足をひたしつ
③朝よりオルガン鳴らす音きこゆ水に沈みしある家の二階
④電線をたぐりつつ行く手もとよりばつた飛び立つ筏へ水へ
⑤水の上は夜となりつつ家燃ゆる炎しづけし立石町か

この時の台風は記録的な大雨をもたらし、利根川、荒川その他の河川を決壊させ、住宅の損壊一万棟、浸水四十万棟という被害をもたらした。かくして「キャサリン」の名は戦後治水史上、冠たる名を残した。

宮地の住所はその頃は葛飾区本田川端町であり、後に「東立石」という味気ない（宮地の言葉）町名に変わってしまったが、ここがその後、九十二歳の高齢で歿するまで、七十年に及ぶ住地となった。

宮地の家から五分ほど東へ歩くと中川の水量ゆたかな流れがあり、その少し上流が、かなり蛇行し、「奥戸」と呼ばれる土地となる。茂吉の「雁」の名歌の地。⑤の「立石町」は作者の家から北へ約一キロ程の京成電車の駅のある町、駅に隣接して賑やかなマーケットや映画館（今はない）があった。今でもこの辺りは多くの飲食店があり、B級グルメの町と呼ばれていて、やや場ちがいな若者たちが出没している。

11　父母の歌、生徒の歌

昭和二十三年、宮地は二十八歳の青年教師であった。父母と自分の三人暮らしの家なので、父母を歌った作品が目につく。宮地の作品の特徴の一つ、物事に対する冷静な眼差しや批判力、時に皮肉で鋭さのある作品群である。
①夜おそくあかりをともす事により涙出づるまで母とあらそふ
②床（とこ）にゐる者に知れざる用心し残れる餅を焼く父と我

③私生児と生まれざりしを感謝せしはいまだ少年の頃かと思ふ
④鉄材を少年とともに運ぶ父わがねころべる前を往来(ゆきき)す
⑤こうるさきわが父を早くくたばれとある工員が言ひたりしとぞ

この作者は母性に対する憧れが人一倍強い人だったが（六十年近い付合いを通じて感じた筆者の結論）、現実には、母堂のニシキさんに対する、作品では①②の作のように一種非情とも言える感情を表白している。そして、③の作品は土屋文明の有名な歌「この母を母として来るところを疑ひき自然主義渡来の日の少年にして」（歌集『少安集』所収）と通底し、恐らく作者自身も、そのことを自覚していたと思われる。

一方、父親に対する作品には④⑤の如く冷静な詠みぶりの中に、ほのかな同情といたわりの感情が流れている。これは別の作に、「一生働き蜂の如く働き続ける」父の姿を描いているように、世間的な栄達とは全く別の所で生涯働き続けねばならなかった父への、せめてもの「いたわり」の表明であった。自分も又、そうした一生を送るかも知れないのであるから、そこにはある連帯感も存在したに違いない。

この時期の宮地の作品の、もう一つのテーマは教育である。新制中学校が誕生してから日の浅い頃だったので、それは当然とも言えるが、下町の工場地域と時代の背景を反映した特色ある作品が目につく。

⑥日本語の表記やさしくまとまらむ時を恋ひつつ作文を読む
⑦たくましくなほ育たむとする見ればわが少年の日はひしがれき
⑧休み久しき生徒の家をさがしをり水の滲める路地を入り来て
⑨秋づきし光さびしむ校庭にばら葉切り蜂葉をくはへとぶ

⑥の作には、後年に至り歌よみは「日本語の番人たれ」と呼びかけたこの歌人の「日本語」ものの最も早い時期の作品。

⑦⑧は、恵まれた生活を享受出来ない者が多いこの地域の生徒たちが置かれた終戦後の厳しい生活の現実が歌われている。

そして、さいごの⑨の作に至り、勤務先の学校で「ばら葉切り蜂」の生態を観察し、しばしの平穏の時を過す作者の姿が投影される。

なお、何故ここで単に「蜂」とのみ言わずに詳しい名称を記したのか。これには一つの背景がある。当時の中川中学校（葛飾区立）の校長は吉岡実亮といい、名校長として謳われた人。「蜂」の研究で知られた民間学者であった。恐らく宮地が教師として同僚、先輩の中で唯一尊敬していた人物であった。

この人には判り易い「蜂」の著書があり、この中学校の教師も生徒も皆、「蜂」については詳しかったのだ。

12　戦後はみんな貧しかった

今月は昭和二十四、二十五年の作品を取り上げよう。

戦後すぐに宮地は「どの国も教師らはかく貧しきか……」という嘆きの歌を詠んでいる。その頃から数年たっても、一般の経済生活は余り豊かになっていなかった。

昭和二十四年頃のわが宮地伸一氏の俸給の額を推定してみよう。当時の小学校教員の初任給は約四千円。宮地はその二年前に中学校に初任。戦前戦中の経験を加算しても、恐らく一万円に満たぬくらいであったろう。仮りに毎日一本のビールを飲むとしようか。百二十五円（一本）のビールを一ヶ月飲むと、それだけで三千七百円くらいかかる。これでは生活が立ちゆかない。

一般の勤め人も大差ない収入であったろうから、誰もが、つましい生活をしていた時代なのであった。

①「働く者」といふ語感すら憎みをりその貧しきひとりと思へども　（昭24）
②妻帯者ほど金に汚なくなることを蔑むのもいつまで続くのか
③教員のだめになる過程思ひつつ今宵連れられて料理屋にをり

宮地の後年の穏やかな姿や清濁併せ飲むような言動だけを知っている者には、こういう三十代の鋭い社会批判、職場批判的な作品を見て意外に思うかも知れない。

世を挙げて、民主化を唱える如き風潮に心底から同調する気になれない、戦争帰りの青年のやや虚無的なスタンスが、これらの作から見てとれる。これは後年まで宮地という歌詠みの胸の底に存在していたように思われるのだ。

この翌年の次のような作品にもそうした姿が投影されている。

④手をあぐる群衆の前うづたかくバイブルかかへ無造作に投ぐ　（昭25）
⑤酒飲みていよいよ不快になる時にアララギさんと呼ぶ奴がある

④の作には、日本社会の戦後の風景が鮮明に切り取られている。聖書をもらおうと群がる人々を離れて、そのような光景を冷静に見つめる作者がいる。⑤は学校の同僚たちを詠んだ職場詠。当時は、しばらく後の我々の時代も、帰りがけに何人もで居酒屋に寄り、大声で議論し、喧嘩口論に及ぶことも多かった。
作中の「アララギさん」という呼びかけは、親しみを表わすのではなく、もちろん侮蔑的言辞である。私も何度か経験したが、嫌なものである。

そうした憂うつな日常から離れ、純粋な気持になり得る喜びの歌もいくつか残されている。

次のような作品である。

⑥君に従ふ楽しさは幾年ぶりならむ緑萌えたつ沢伝ひ行く　川戸二首（昭24）

⑦楤の芽を求め求めゆく山の中小さき芽すらも採ましめ給ふ

宮地は南方から生還後すぐに土屋文明の疎開地上州川戸を訪れたが、昭和二十五年再度、川戸を訪れた。恐らく「楤の芽」の時だから、山中四月始めの頃であったろう。直接、文明先生の姿を述べずとも、先頭に立って作者と共に山菜とりに興じ、あれこれ指示する文明の姿が彷彿とする。久しぶりの師弟交歓の図である。

13　相聞歌のことなど

昭和二十六年に、宮地は何首かの相聞の歌を発表している。

①あかりつくるたまゆら寂しわけもなく心抑へて帰り来しかば

②別れ来て今し思へば常ならぬわが心とも人はいふべし

③玉かぎるほのかに我に見えし人今さらにしてわびし切なし

この前後の数年、宮地の作歌活動は決して旺盛なものとは言えない。この年の歌集『町かげの沼』に登載した作品数は、わずかに十六首。しかし、その中にあって、前掲の相聞歌は宵の明星の如く清らかに寂しい光を放っている。特にさいごの「今さらにしてわびし切なし」の一首は、アララギ発表の頃すでに人々の記憶に残る作品となり、近年でも吉村睦人さんなどは大いに影響を受けたと述懐している。

ところで、この年の四月に私は宮地の勤務する葛飾区立中川中学に入り、宮地から以後三年間、国語を学んだ。そして、課外では短歌の実作指導を受け、少し後には、毎週のように二、三の少年たちと宮地の自宅を訪れ、詩歌の話、特に万葉集を始め、茂吉、文明などアララギ先進の作品の語彙を調べる手伝いを積極的に行った。また、山行の相談——多くは丹沢や奥多摩の山々が対象——を喜々として行ったものである。

このことは宮地の私生活にも直接触れることにもなり、そうした折の宮地の表情も活きいきとしたものであった。

この相聞の対象となった女性は、勿論実在の人物である。ここで明らかにするのは、ややためらいもあるが、もう六十年前のことで時効と言ってよいだろう。

その人は私たちが中学へ入学した年に、他の中学から転勤して来た若い理科の先生だった。理知的だったが、丸顔のぽっちゃりした可愛いい人で、温和な人柄で生徒の間でも人気があった。互いに敬愛し、節度ある交際をしていたように私には見えたが、結局この恋はプラトニック・ラブに終った。

恐らく、宮地の心に一定の距離を置く抑制心が強く働いたためであろう。そう言えば、私が初恋の悩み（一年下の少女への）を宮地へ告白した時、「忍ぶる恋」（「葉隠」の言葉）が、恋愛の極致だと説いたことがあったのだが。

中学校の教育実践について、後年に至るまで、この頃から四、五年の間が最も熱心に行い、その成果もあがった時期だと語っていた。この年にこんな歌が残されている。

④ごみごみとせるこの土地の生徒愛しひと生終らむをはるともよし

⑤夕映の光のなかににほひたる少女は堤を下りて行きたり

④の作品に「この土地の生徒愛し……」とあるように、以後の数十年を葛飾区の一教師としての生涯を全うすることとなる。

この数年前の宮地の作品も多くの生徒は記憶していよう。次の作品だ。

⑥工員となり大方は果てむ子らに松倉米吉の歌を教へつ

宮地の教えを受けた生徒の多くは今でも葛飾の地に住んでいるが、米吉の労働歌や素朴な相聞歌を記憶し、口ずさんでいるのだ。

14　山いつかしく少年かなし

昭和二十七年、歌集にはこの年の作品二十四首が残されている。奥多摩や丹沢山塊への山行が目立つ。そして、そこで得た山岳詠、自然詠は現在の作品の水準から見ても秀歌が多い。というよりも、自然詠の秀歌に乏しい現代の歌壇の中に置くと、その作品の純度の高さに於いて、断然光彩を放っている。今こそさらに、これらの作品は熟読玩味されるべき価値を持つと言えよう。

①谷川を喘ぎのぼり来て心なごむ青葉が下の積石(ケルン)を見れば　　奥多摩

②いくつかの沢分け入りて夕暮れつ石の温みにしばし眠りぬ

この奥多摩の山行は日原(にっぱら)の谷に、その頃いくつかあった造林小屋に数泊して、南側の石尾根のルート上にある鷹の巣山（一七三七米）から六ツ石山（一四七九米）を経て、尾根伝いに東へ、氷川の町へ下ったものである。この長大な尾根を逆に北西へ進むと東京の最高峰である雲取山（二〇一七米）へ至る。

こうした山行には、私の他に、二、三の、いわば「宮地親衛隊」の少年どもが同行することが多かった。これが、中学の三年間と、それに続く高校の三年間、計六年の間続けられた。年に五、六度としても、三十回程の山行（日帰りの山も多い）が繰り返し行なわれたので、奥多摩と丹沢の山々は、ほぼ登り尽くしたのだった。

①②の歌でも、自然の中で過す心地よさ、喜びが表現され、それは鬱屈することの多かった宮地の日常からの解放であり、人生の慰藉ともなった。ひと山登る毎に、われわれは「ああ我は　日の王なり」と尾崎喜八の詩を朗唱したものである。

③砂の上に下りたる蜂は羽をさめ恐るる如く水に近づく　　丹沢

④思ほえず夕べの谷に雷鳴りて少女は木立の中を帰りぬ

⑤瀑布持つ川幾すぢか走りたりわが立つ山をみなもととして
⑥かげりゆく夕べの谷を見下ろしつ青きほのほの燃え迫るごと

④には小さな生き物「蜂」の生態を写しとった、この作者のカメラ・アイの良さを思わせ、⑤では高所から鳥瞰した詠法が十分参考になろう。そして、⑥では夏の光が移ろう夕景の中に、木々の繁りの盛んなるさまを「青きほのほの燃え迫る」ようだと、生命の讃歌を歌いつつ同時に「いのち」の移ろいの寂しさ、人生の寂しさも暗示されていよう。

⑦谷川に足ひたし少年は論じあふ六百余りの基地持つことを　　丹沢
⑧秋草のゆらぐ峠に立ちどまる山いつかしく少年かなし

丹沢へはこの年の秋に再度行ったが、⑦の場面はこの時同行した私はよく覚えている。ここには、宮地も携わった戦後教育の一端が現われているのかも知れない。

⑧などの作品になると、単なる山の歌というより、自然と人間の存在を映し出して象徴的な境地に至り着いた作品と私には思える。

私がもし、『わが愛する山の歌』という書物を書くとすれば、宮地という歌人の持つ「人生の寂寥相」を秘めた珠玉の一連とこれらの作品を位置付け、その全てを収録するに違いない。

15　茂吉死す――昭和二十八年

斎藤茂吉はこの年の二月二十五日、心臓喘息により死去。満七十歳九か月の生涯であった。同年十月の「アララギ」は茂吉追悼号を刊行。その号に宮地は「悼斎藤茂吉先生四首」を発表。そのうち二首を記す。

①まむかひては幾度も話さざりしかな遠くに仰ぐのみに足らひて

②あへて歌ひたまはざりけむ悲しみもひしひしと思ふ読みつぎゆけば

宮地の歌風は、どちらかというと鋭利な観察（自然や人間への）に基づき、かなり知的な感じがするが、それは師である文明の影響もあろう。そして、一方では叙情詩としての心の「ゆらぎ」を表わす「声調」そのものも常に忘れなかった。茂吉からの摂取である。

この翌年、宮地は長文の私宛の手紙でこう述べている。（五月一日付）

「（前略）韻文では、ほかのはどうでもよいが、斎藤茂吉の歌集だけは、明治以後の短歌の代表として読んでもらいたい。『赤光』『あらたま』の二歌集だけでもいい。実は君の卒業までに送ろうと思って、二十首ばかり茂吉作の解説をかいているうちに卒業が通りすぎてしまった」とある。

このしばらく後に茂吉自選歌集『朝の螢』（改造社、大正十四年）に詳細な註釈を付けたものを高校の入学祝いとして載いた。その第一頁に、茂吉の歌の特徴は声調の豊かさにあるのだから、一首ずつ舌頭千遍せよと記してあった。

この追悼号の土屋文明の作についてもよく語りもし、書きもした。

・あひともに老の涙もふるひにき寄る潮沫の人の子のゆゑ　土屋文明

・ただまねび従ひて来し四十年一つほのほを目守るごとくに　同

前の歌は茂吉の恋人、永井ふさ子にかかわる歌、後者は茂吉に対する文明の謙虚な態度の代表的なものとして、宮地はよくこの歌を引用した。有名な茂吉日記の「土屋幕府」云々についても、そのくだりを全集に載せるべきかどうかを、柴生田稔氏が文明に問うた時、文明先生は、それは載せるべきだよと答えたが、それは文明の持つ度量の大きさを物語るものだとした。

この年と翌年（昭和二十九年）の宮地の発表した作品は歌集には、それぞれ、十首と八首であり、極めて乏しい。

その頃の私への手紙でも、しばしば作歌を生活の第一義とすることは出来ないと言っていた。戦後の混乱期の中で、いわば精神の彷徨が続いていたと言えよう。後年の宮地の旺盛な作歌生活を知るのみの人には意外に見えるかも知れないが。

そうした中で、わずかに心の慰めとなったのは、一日か二日、奥多摩や丹沢の山谷を心のままに探り歩くことだった。この三十代の始めの数年で、彼は一生分の山行に励んだのである。

佳詠数首を引く。

③赤くなりて寄りあふ山の果遠く霞める見ればいのちは寂し　（昭28・丹沢）
④かたむける光そそげり尾根道の芒みだして少年走る　（同）
⑤胸迫りかなしきものを呼ばふにも何はばからめこの山のなか　（昭29・奥多摩）
⑥かたはらに息のむ蟇（ひき）よこの谷の紅葉の時もひとり来るべし　（同）

16　古い山行ノートより

昭和三十年の宮地作品は歌集には十五首収められているが、大半は「山」の歌である。世の中も大分落ち着き、下町の青年たちも、野外活動の醍醐味に目覚め、ハイキングや、もっと激しい山行に励む気運が興って来た。大きなザックをかついで街を歩いていても奇異な目で見られることもなくなった。

その年の秋、奥多摩の川乗山（一三六四米）へ登った。その折の宮地作品を引く。

①水の音かすかに響く暗き沢枯れゆく苔を踏みて憩ひつ
②いただきの芒枯れ立つなかに憩ひ白き葡萄酒飲みあひにけり
③谷ひとつへだてて向ふ赤き峰恋ひかも居らむこの夕かげに

②の歌にあるように、宮地は気付け薬としてよく葡萄酒を携行、生徒たる私たちも時にお相

伴した。勿論のことだが内緒で。携行といえば、宮地はどこの山へ行く時でも、植物採集用の胴乱を持ち歩いた。当然のことながら、野草への興味も知識も人一倍あり、これは師の土屋文明ゆずりである。なお、この山名は谷川に川苔を産することに由来。別称・川苔山。

この山行の時の「手紙」が私の手許にある。次の如くである。

山行きの件

○十一月三日朝　六時三十分　新小岩駅南口集合　氷川で下車。

○行先　奥多摩　川乗山

君が来たらいろいろコースを相談しようと思ったが、右の如く決めた。

○費用　三百円以上かかるべし。帰宅は九時すぎか。

○弁当は多い目に。雨具は念のため携行。シャツ、一枚余計に用意すべし。

○同行　座間君（註、小学校からの同期生）。」

そして、さいごに「即興」として歌二首が記されていた。（歌集不載）。

④もみぢせる山をこひしく思ふとき君あり遠く行かむとぞする

⑤澄む空の下の紅葉を恋ひ思ふ再び行かむ時近づきて

その日の山行は計画や即興歌にもあるような望み通りの一日となった。その頃すでに私は山行を専門に記す「山日記」を携帯していた。こんなふうに書いてある。「よく晴れて暖かだった。この日（文化の日）はよく晴れる日なのだ。途中で見た百尋（ひゃくひろ）の滝は全長三十米くらいで、水量豊か。川乗山頂上は茅戸の穏やかな山。丁度紅葉の時で、周りの山々は真赤に染っていた。眼下に関東平野を一望した」。

私は高校生時代に、宮地の長文の手紙を三十数通いただき、その全てを保存している。右の数年後、宮地は単独で丹沢主稜を縦走したが、その折の手紙には、珍しくも、長い詩が記されていた。その詩を引用してみよう。

八月二十四日塔ヶ岳尊仏小屋にて

○たまゆらの霧の絶え間に
青き谷あはれ見えつつ
ともしらに光さしたり
はるばると来つるものかな
かの谷に宿れりし日よ
○かがよへる若き芒の
穂に出でてにほへるからに

かなしみに吾はえたへず
常ならぬものをいひしか
○ものなべて移ろふことの
今宵いたくこころに沁みて
たへがたき命さびしさ
いかにゐむ君とぞ思ひ
灯を消して今はねむらむ

17　昭和三十一年、独身生活最後の年

この年は宮地の独身生活最後の年（三十六歳）になるが、歌集には十六首しか載っていない。評論や作品評では時に鋭い言説を吐く宮地だが、作歌の面では積極的な取り組みを見せることはなかった。やや虚無的な戦争帰りの青年を心配して、大泉師範以来の師である五味保義は、この愛弟子のために、結婚相手をひそかに探し始めていたらしい。五味は当時すでに土屋文明の片腕として事実上の編集長として、自宅をアララギ発行所に提供し、宮地や清水房雄（当時は上野高校教師）らは編集や校正の作業を毎月熱心に行っていた。

さて、この当時の世の中はどんな状況だったか、少し触れておこう。数年前からテレビ放送

が始まっていた（昭二十八）し、その翌年には、第五福竜丸事件が起った（昭二十九、ビキニ水爆実験による）。さらに前年には砂川事件があり、文化面では、今では政治家として老醜？をさらしている石原慎太郎が「太陽の季節」を発表して文壇に登場（昭三十）。そして、この昭和三十一年には経済白書「もはや戦後ではない」が発表され、この標題は、以後長く、社会、経済面での論説に引用される言葉となった。

①防衛大学の学生となりけふは来ぬその制服をほめつつ寂し

②黄のチョーク使ひ汚れし手を組みてしばしねころぶ机の上に

この年の項の冒頭に収められた作品二首を引いたが、当時の世相や教師としての宮地の心理、心境、生活の一端が垣間見えるではないか。

私は①で歌われた青年を知っている。宮地の教鞭を執っていた中学、すなわち、私の通っていた学校の卒業生で、正月などはよく宮地宅で顔を合わせた先輩だ。秀才の誉れが高かった人である。その妹が私と同級生だったので、会えばよく言葉をかけてくれた。私はこの歌の場面にも偶々遭遇しており、この矢後青年の凛々しい若武者ぶりを約六十年たった今でも印象深く覚えている。あの「制服」は戦前の海軍兵学校などのものを模したのではなかったか。矢後先輩はしばらく後に医官となったように記憶しているが、戦争の実態を知る宮地は、もっと別の国立大学を目指してもらいたかったに違いない。

宮地はこの年も印象深い山旅を行っており、翌年の結婚以後、本格的な登山は殆どしなくなるので、「武甲山三首」を引いておこう。この山行は筆者と二人で行った。

③さまざまに萌ゆる緑を歎きいふ今朝思ひ立ち来にし峠に

④ひとときに緑萌えたつをかなしみて古き峠をけふ越えむとす

⑤細長き花それぞれに揺ぎをりカタクリに夕べの光淡くして

この山行については、私の「山日記」にも記されていて、参考になる。武甲山（一二九五米）は秩父を代表する名山で、秩父のどこからでも見える大きな独立峰だから、土地の人々の心の支えになっている。

私のノートによれば武甲に登ったのは四月二十九日。「早朝、国電にて新小岩駅から出発し、池袋で西武線に乗り変え、飯能まで行く。そこからバスにのり、先ず妻坂峠（八三九米、歌中の峠）を目指す。峠への登りは長くはないが、早起きしたので矢張りキツい。木イチゴの白い花が満開。妻坂峠で昼食。一旦、生川（うぶかわ）の流れに下り、根小屋からの表山道を急登。周囲は片栗の群落がきれいだ。二時間程で登頂。」

II

『町かげの沼』（第一歌集）の時代(二)

18　ああ結婚、昭和三十二年

昭和三十二年の早春（三月）宮地は大泉師範、アララギを通じての恩師、五味保義のすすめで結婚した。

花嫁は今井康子といい、五味保義の姪にあたる女性。当然ながら諏訪の人である。その母は今井三枝、五味の実妹である。この人については、ここでしばらく記す必要がある。土屋文明の手厚い作歌指導を受けて終生、文明の忠実なというか、熱心な門下であった。

文明には、困難な境遇の中で作歌する女性たちに深い同情（愛情といってもよい）を注いだ対象が何人かいる。

例えば福島の三春に近い町の旧家の人、国分津宜子（キリスト教に生きるか、作歌をとるかで悩んだ）や戦前では、共産主義の活動で捕えられ獄中で死んだ伊藤千代子のように。それらの人との交友を示す作品も多く残され、中には、文明作品の最高峰に位置付けされるものもある。

さて、今井（旧姓は五味）三枝の場合はどういう事情があったのだろうか。元々は彼女は諏訪高女の二年生だった時に、東京からやって来た土屋文明の担任したクラスの生徒であった。その時、文明は英語と修身を受け持ったという。

三枝は始め島木赤彦に師事（兄の保義も同様）していたが、赤彦没後に文明に師事。大正十五年に陸軍々人（要塞などの築城の専門家）今井周と結婚し、今井は昭和の初期には主として対馬や釜山で築城の仕事に赴任。一家はそこで暮らした。文明との歌のやりとりも、その頃に行われ、三枝には歌集『椎の葉』がある。

今井周は昭和十五年に南方戦線へ出征。主として泰緬鉄道を作り、有名なクワイ川鉄橋の築造にも連隊長として関わり、のちに戦犯としてチャンギー刑務所などで服役、特赦により帰国。

ここで文明と三枝の交遊を物語る作品を各一首記す。

・西のうみの島山みちのおもほゆれ母となる君よ静かに住まはせ　（文明・昭2）

・先生の御言のままにあり経つる我が幾年のかしこく思ほゆ　（三枝）

前述の文章は近代文学の研究者、とくにアララギの研究（主として人物評伝）で知られる故・米田利昭氏の『土屋文明と徳田白楊』（一九八四年、勁草書房刊）を参考にした。

宮地は今井康子との結婚によって、それまで以上に真剣に、いわばディープ・アララギの一員たるべく覚悟を定めることになる。幸いなことに、私の印象（その頃も月に一度くらいお宅に参上していた）では、康子さんは、素直で暖か味のある人柄で、顔立ちもふっくらと温和な表情の人。ご両人の交情もなかなかにこまやかであった。始めの八年間の生活で四人の子（二男二女）をもうけた。その暖かな家庭生活を歌った作品は『町かげの沼』後半を飾る秀作が多い。

ここでは、新婚の旅である「伊豆　四首」を記す。

・やうやくに青く芽ぶける山の道のぼり来りぬけふは二人して
・この海を幾たび見しか傍にけふはつつましく人居りにけり
・あたたかき磯の光に二人して白きたんぽぽ掘らむとぞする
・たはやすく暮るるひと日か海の果に霞む利島を指さしにけり

調べ清らかに内にやや抑えたトーンが印象的だ。この連作は、中村憲吉の新婚の旅を詠んだ名作「磯の光」を意識して制作されたに違いない。

19　妻を歌い、山を歌う

昭和三十二年三月に宮地は今井康子と結婚し、新しい家庭生活をスタートさせたが、父母と同居の家での妻康子の様子を次のように詠んでいる。

①朝たくる光のなかに目ざめたり何笑ひゐる父と妻とは
②母居らぬ今宵は多く酒飲みて妻を相手に父機嫌よし

妻と父との談笑しているさまの傍に、幸福感を味う宮地がそこにいる。戦争帰りの虚無感を以って、戦後という時代のスタートを切った青年の主角が少しずつ取れて、人並みの倖せな家庭が徐々に形成されて行く。その最初期を象徴する作品である。

この年の秋おそく、宮地は新妻を伴って諏訪へ赴く。宮地にとっては、少年時代に諏訪中学を卒業するまで過した地であり、妻の康子にとっては故里そのものである。

「諏訪」と題する四首を引く。

③霜枯るる桑の畑の細き道息づく妻ものぼり来にける
④赤彦のこの大き墓に反感を持ちし時ありき少年にして
⑤中学生の我ひとり住みし家見むと妻をみちびく石多き坂を
⑥小湯之上（こゆのうへ）の君が生れし古き家に妻と来りぬ二日の休みに

この一連、宮地が少年の頃に過した諏訪という土地の様子、その頃の宮地の暮らしぶりの一端を詠んで興味深い。④では赤彦の「大き墓」に反感を持ったと述懐する辺りに、この作者が終生持ち続けた批判精神が垣間見える。また⑤では、東京へ復職した父の去った後、農家の一室を借りて自炊生活をした跡へ妻を連れて訪れる。そしてさいごの⑥では「君」即ち、この夫婦を結び合わせた恩師、五味保義へ思いを致す。「小湯之上」の家は言うまでもなく五味保義の生家であり、妻の康子は五味の姪にあたる。軒の低い旧藩（諏訪高島藩）時代からの小ぶりの武家屋敷を前に感慨深く立つ二人であった。

生涯に渉って、宮地は山間の地を逍遙することを好んだが、アララギを荷う一人として編集に携わり、作歌にも励むようになるにつれて、本格的な山行をすることが少なくなった。勿論、結婚後しばらくして、四人の子供に恵まれ、家庭生活に専念せざるを得なかった事情もあったが。

そうした中で行われた、この年秋の丹沢への単独行が最後の大きな山行となった。歌集に録したこの年の作品中の半数（十二首）が丹沢行の成果である。

⑦夕雲に丹沢三ツ峰浮かび見ゆ日かげる谷へ今はくだらむ
⑧かすかなる踏跡求め苦しみて二日歩みし谷を見おろす
⑨山脈(やまなみ)の限りなきさま寂しみて三つの峠をけふは越えたり
⑩ひと谷を越えてハンマーの響く音向ひの山に道つかむとす
⑪安らぎて荷をおろすなり沢二つ出合ふところにケルンがありて
⑫今年またこの峠路を歩むなり曇に遠く沈むもみぢ葉
⑬岐路をくだりて憩ふ店の前せんぶりをあまたたばねつるせり

宮地の山行は南北アルプスの峻険なピークや奥深い大森林へ入ったりするような大きな山行ではない。みな地味な、静かな山行だ。山の大いなる寂寥にひたることは、宮地の心への何よりの慰藉となった。同時にそのことは、宮地の人生の歩みそのものを象徴すると言ってよいものだと思われる。

20　闘争の時代、昭和三十三年

昭和三十三年という年は、戦後教育に携わっていた者（教師）にとって忘れられない年である。為政者側の強制した「勤務評定」に対する教員組合（日教組）の反対闘争が激化した年である。都心や国会周辺でのデモ行進や、授業放棄などを含めたストライキなどの激しい反対運動が行われ、少し後にはそのことをテーマにした劇映画（木下恵介監督）も公開され、社会的にも大きな影響を及ぼした。

そのことを端的に描いた宮地の作品を一首記す。

①ワイシャツの白きか否かも調ぶとぞ「清潔感」といふ項目あり

このことは、平成年代に入っても「君が代」問題として、日常化されている。今では、式の度ごとに管理者側では、教員が本当に合唱しているかどうかをカメラや双眼鏡を使って監視しているという「教育」現場にふさわしからぬ茶番めいた状況が作り出されている。

この年の宮地作品は、後年、「教育の荒廃」という言葉で、幾多の悪しき法案を案出する為政者側の言い分の半面をもはらんでいると言えようか。

②立ちつくすは一万人と伝ふる声みぞれは雨となりくる夕べに

③汗ばみて渦巻く行進の中にをり天上はいま日食の時
④階上より幼き声の呼び立てて今ピケ隊に阻まるる教師
⑤世の批判はさもあらばあれピケ解きしおのおの手を振り帰る夕暮
⑥生徒にて二十年前は仰ぎたりき敵の如く思ふ教育委員長の君

宮地は特に激しい政治思想を持った人ではない。常に中立的で穏健な立場を保っていた人である。

右に引いた作品には、市井の一教師であった作者をも反対闘争に参加させた時代の勢いが感ぜられる。現在では組合の組織率そのものが低下して、教師の職場闘争が世間の話題となることもない。

先日、久しぶりに送られて来た組合の新聞（都立高校の組合）を見て驚いた。私が在職中は十ページ程は有ったものが、唯の一枚になっていたのである。

右の作中では、デモ行進中も「日食」の進み方に目がゆく所にも、この作者の特徴が現われているが、次のような歌もある。

⑦渦巻ける行進となりふと思ふ今宵書くべき万葉の一首

こうした教育闘争の場でもデモを歌うだけではなく書かねばならぬ「万葉の一首」を思う所に、宮地の冷静な複眼的な物の見方がほの見える。

この年、宮地は二人のアララギの先進を失った。一人は洋画家の鈴木信太郎の実弟の金二氏（筆名は一念）。この人は茂吉の患者でもあり、後にはその病院にも務め、戦前の歌集『明暗』（一九四一年刊）では、特異な感覚的な作品で注目された。

もう一人はやはり、茂吉の高弟の一人であり、私設秘書的な存在としても知られる山口茂吉である。この「小茂吉」と呼ばれた歌人への挽歌も宮地の作歌法の一面を伝えている。

⑧君の見し校正刷の誤植一つ指摘して機嫌悪かりしを思ふ

⑨無愛想な顔して発行所に来る君をなるべく我は避けむとしたりき

今では誰からも穏やかな歌人と思われている宮地もこうしたピリッとした歌も多く作っていた事に注目して欲しい。

21　家庭・教育・闘争

この項では、昭和三十四年の作品について記したい。結婚生活も三年目に入り、前年すでに長女の由美子が生まれ、この年六月には長男の良平も生まれる。この家庭生活を反映して、ささやかな、つつましい幸福感を詠んだ作品が多い。

また、前年に激しくなった勤評闘争をはじめ、組合、デモといった闘争にかかわる作も多い。この二年後に六十年安保の日本中をゆるがせる闘争が起ることになる。

一方、戦後の新しい日本の教育に携わることになった、ある意味では教師とその教育現場との蜜月時代は終わり、教育の荒廃につながる深刻な教育問題が次々に発生し、宮地もその問題に対処せざるを得ない状況となる。小学校や高等学校でよりも、はるかに深刻だったのが中学校の現場だったのである。

後年、宮地の家族詠は高い評価を受けるが、その初期とも言うべき作品群から少し引く。

①おびただしく微塵まひ立つ光の中みどりごはしきりに立たむとぞする

②幼な子が持ちかへ持ちかへパン一個食ひ終るまで我は見てゐる

③風邪引きて一日臥せれば身に沁みてありがたきかも妻といふもの

宮地という歌よみは、普通人の日常的に味わっていた家庭の味にどちらかと言えば、余り恵まれていなかった人である。

それだけに、やや人より遅れて授かった子供や妻へ注ぐ眼差しも、なかなかに細やかで佳品を生む。③などでも、「ありがたきかも妻といふもの」と述懐しているのは、彼の本音であろう。

一方、外では教育闘争や安保がらみの騒動、大きなデモが日常的に行われ、教師たちもその職場から外へ出てゆく。この年のメーデーの歌に宮地自身の心中も、はっきり歌われている。

④数十万の洋傘(かうもり)の中を伝はり来るスピーカーの声ことばにならず

⑤電車止めて長く渦巻く行進に反感と滑稽と感じつつをり

⑥人間として答へよといふ声に青ざめて立ち上る教育長の

④と⑤は昭和三十四年のメーデーの光景。戦後の労働運動が頂点に達する頃だから④では、雨中の集会にもかかわらず「数十万人」の参加者がある。その人々の「洋傘(かうもり)」をクローズ・アップした所に、この歌よみのセンスの確かさが偲ばれる。

そして、⑤ではこうした組合運動にも、心からのめり込んで行くことのない醒めたおのれの心中を表白している。こうした問題には一途に熱することがなかった作者だ。

しかし、教育闘争ともなれば、さすが激しさも抑え切れない。⑥がそれである。糾弾されている「教育長」は多分、戦前の大泉師範時代の恩師の一人。戦後の東京の教育行政に君臨していた某氏であろう。

年々困難さを加える少年非行に直面する作者の姿が次のように浮き彫りにされる。

⑦水ひたすうす暗き路地をめぐり行く脅喝せし少年をたづねむとして

⑧問ひつめられ涙を流す少年のなほもつぶやく今度はうまくやると

⑨尋問して帰ししのちの夜(よる)の部屋テープレコーダーにその声をきく

⑩呼びとめて質問をする少年の汗のにほひに耐へがたくゐる

もはや、学校も昭和二十年代半ばの如く、専門の国語、文学を語っていれば済む場ではなく、荒涼とした場となり、作者宮地は生徒問題の解決に奔走するのであった。

22　旺盛に向かう作歌活動

評論を執筆することでは、宮地は昭和二十年代半ばから、しばしばチャンスを与えられ、作品研究、子規研究の一端や合評の常連となって行くが、作歌活動そのものは決して旺盛なものとは言い難かった。

戦後、南方から復員して何年もの間、宮地の作歌は、口籠るもののように途切れとぎれに続いていた。

要するに戦争帰りの多くの青年がそうであったように彼もまた、自分の全てを何か一つの対象に注ぐということは無かったのである。多分それは一種の虚無感がそうさせていたであろう。しかし、昭和三十年代の半ばになって、宮地の作歌への意欲がようやく高まり、昭和三十五年には歌集に登載した作品だけでも、五十三首を数える。前年の三十一首、前々年の三十八首、その更に前年の昭和三十二年には三十九首でしかなかったことに較ぶれば、ここへ来て、作歌活動も旺盛に意欲的に行われるようになったと見るべきであろう。恐らく、土屋文明や五味保義らアララギの中枢にいた人々の叱咤激励や、妻子を得て安定した家庭生活が支えになってのことと思われる。

昭和三十五年の冒頭の作品は次のようにして始まる。

①教室に捨て置きし少年の鞄より短刀一振取り出だしたり

②はすかひに帽子かぶりて赤きシャツを着たる少年門を入り来る

まずは少年非行の横行ぶりを示す作品から始まる。この問題が日常的に彼を悩ませていたのは次のような一首によっても明瞭である。

③日誌つけカーテンを引き立ちあがるまた我を苦しむる少年二三人

一方で宮地の家にすっかり馴染んだ妻の康子の様子を次のように把らえて詠む。日常の市井の人としての視線と落着いた暮らしぶりを伝える歌である。

④何を食はむとささやく妻よ浅草の人混みの中にけふは来りて

⑤泣きやめぬ赤子を荒々しく扱へる妻を見てゐる夜半に目ざめて

⑥こともなげに妻は並べて襁褓替ふ一せいに泣くみどりご幼なご

夫婦の飾らぬ生活が活写されている。

現代の歌の世界では「孫歌」という部類の作品がどの歌誌でも横行し、孫の名前を詠み込んだ作品を多く目にするが、宮地の、わが子を詠む歌には、やたらに子供を美化したりしない冷静な眼が働いている。この歌人の作品の一つの大きな特徴と言ってよい。

この年の六月、いわゆる六十年安保の闘争で、デモ隊の国会突入事件の折、東大の学生であった樺美智子はその犠牲となって亡くなった。その折の土屋文明の次のような作品のアララギの校正刷りを見て、我々学生は大いに感奮したものである。二首あげる。

・旗を立て愚かに道に伏すといふ若くあらば我も或は行かむ　（アララギ一月号）

・一ついのち億のいのちに代るとも涙はながる我も親なれば　（同七月号）

デモに参加する側の目線で宮地はそのことを次の如く詠んでいる。例の宮地らしい冷静さを失わずに。

⑦ぞろぞろと傘させる列の動きそむ集ひしは指令の何十分の一

⑧終点に近づく学生の行進のいたく殺気だつさまを見てゐる

またこうした場面でも決してユーモアを忘れぬ作者である。次の一首だ。

⑨唐人お岸やめろと掲ぐるプラカードすれ違ふ列に見出でて笑ふ

23　現代に通ずるその社会詠――昭和三十五年

前にも記した如く、昭和三十五年当時の政治的、社会的な状況は、新安保条約の改訂、労働運動としては三池闘争の激化した年であり、六月には樺美智子が国会議事堂へのデモ隊と警官隊の激突する中で死亡。そして新安保条約は発効した。

現在の、憲法を改変する明らさまな動き、前駆けとしての「秘密保護法」の制定などの進行ぶりは、かつての政治的な動向と軌を一にする。

かつて宮地が詠んだ「唐人お岸」は安保騒動の当事者、その総仕上げを行っている現在の首相は孫の一人だ。

社会詠、自然詠などという歌の分類法には余り意味があるとは思わないが、宮地の注目すべき社会詠的な作品を記す。

①安保改定なぜしたのかと校門に描く書きし白墨の文字

②陵(みささぎ)を空より撮りし写真すら許さぬといふ時がまた来る

③プラカードはや踏み捨つる人ありてやうやく先頭の列動きそむ

④アメリカは共同の敵と読みあげておどおどと壇下る朝鮮人学校生徒

こうした類の作品を詠む場合にも、一教師としての、また一市民としての目線で、宮地は表現することを忘れていない。大仰で空疎な、時に宣伝臭を帯びた社会詠とは一線を画していることが宮地作品の特徴である。その歌が今日でも古びず、今でも参照すべき作品群として存在しつづける大きな理由である。

次に妻や子を詠んだいわば家庭詠ともいうべき作品をあげる。歌よみの宮地の面目を伝える秀作群である。

⑤子らのためナイフあたためパンを切る怠り過ぎしひと日の夕べに

⑥幼なごもみどりごも早く眠りたる今宵はればれと妻のふるまふ

⑦ほしいままなる幼なご二人のふるまひに満ち足る心もさびしと妻いふ

⑧畳一枚ほど辛うじてをさなごの歩めりと言ふ妻は電話に

宮地という人は時に皮肉めいた言辞を得意とした一面を持つが、極めて優しい人柄の持ち主だった。⑤の作などその優しさが、まともに出ている作。ケレン味のない歌だ。

以下⑥⑦⑧いずれも、宮地とその妻康子の、やさしい間柄が自づとわかる佳品である。特に⑧の妻が、幼なごがやっと「畳一枚ほど」歩いたと電話に伝える、そしてそれを聞く宮地の楽しげな表情まで浮かび、この分野での代表作と言いたい。

そのさなか、義父である今井周が亡くなる。この人は以前記した如く、「築城」の専門家で大戦末期には、泰緬鉄道の敷設工事に、クワイ川鉄橋築造に連隊長（他にも数箇連隊が協力）として指揮した。その人に対する挽歌。

⑨七日前わが幼なごを喜びて床より手づからバナナ賜ひき

⑩シンガポールに戦犯となり行きしより幸（さち）とせむかも十五年のみ命

どんな歌よみでも挽歌は必ず詠むが、過剰な表現は避け、しかも真摯に純粋に人を悼む心に徹した詠作。宮地の挽歌（のちのちも多くあるが）の歌いぶりは、今のわれわれに大いに参考となる。

さいごに若い同僚の教師の山での遭難を詠んだ作。

⑪氷砂糖含みしままに四百メートル先の小屋まで行かず果てにき　（悼須賀晋一郎氏）

私は作中の須賀先生に中学で理科を教わった。大柄な人でいつも笑顔を絶やさぬ、快活な人柄であった。後年私はヒマラヤ登山で遭難（友二人死亡）。その時右の歌を思ったりした。

24　若き日の未発表歌

私は中学生時代には毎月数回、宮地の自宅へ通い、作歌指導を受け、高校生になってからは、月に一度くらいの回数に減ったが、その代わりに長文の手紙をもらった。丁度その頃、私のすぐ下の弟が同じ中学に通い、宮地の国語の授業を受けていたので、弟は、宮地からの書簡の運び屋さんの役割を果してくれていたのだった。

今回は、三十数通に及ぶ書簡の中に記されていた短歌作品（未公表）を紹介しよう。

○昭和二十九年（一九五四）十一月二日付。

翌日の奥多摩、川乗山登山の計画表の末尾に記されている。

「即興」二首

・もみぢせる山をこひしく思ふとき君あり遠くゆかむとぞする

・澄む空の下の紅葉を恋ひ思ふ再び行かむ時近づきて

この山行の折の作品は「川乗山　三首」として歌集『町かげの沼』の昭和三十年の項に載っているが、実際の山行は前年十一月三日、文化の日の祝日に行われた事が、手紙によって確認できる。

現場で作られた歌一首を歌集から引いておく。

・いただきの芒枯れ立つなかに憩ひ白き葡萄酒飲みあひにけり

○昭和三十一年（一九五六）四月十日付の書簡。

この書簡は数日かかって書かれた長文の中ほどに、その頃の宮地の心境が次のように記され、その末に一首記載されていた。

「（前文略）山へ行って間断ない寂しいひびきをきいているとぼくはたまらない気がする。（中略）もう、一時になった。かなしきうつそみを哀れみつつねるとしようか。

・わがいのちさびしき時にかたはらに君あることを思はざらめや（三月二十八日夜半）

この時期の宮地は、筆者宛の書簡の中で、かなりはっきりと厭世的、虚無的な人生観を述べている。この歌人の知られざる内面を伝えている書簡集を近い将来、ささやかな冊子にまとめるつもりなので、今はそこに記されている歌を少々抜き書きするにとどめる。

○昭和三十一年（一九五六）四月二十七日付。

・疲れつつこよひもおそく帰りたり楽しみ待てる家にあらねど

・この月に読みたる書物ただ二冊蕪村句集とマギル卿最後の旅
・若き君のいひたることば身に沁みて宵ふけぬれば今は眠らむ
右は七首中の三首を録した。
○昭和三十二年（一九五七）四月二十三日付。
終日雨降りたれば雁部君に言寄す（注・三首中の二首を録す）
・洋傘を君に借りたるその日より会ふ折もなきことの寂しさ
・遠き世に君行きし如き思にてせはしき四月過ぎ行かむとす
この年の三月、宮地は今井康子と結婚。筆者は四月に早稲田大学に入学。それぞれの人生へ更なる一歩を踏み出すことになる。

そして筆者はこの月、同じ学部の三年上に居た寺山修司の姿を見ることになる。

このような状況が右に引用した宮地作品にも反映しているように思われる。

なお、宮地書簡はこの後もかなり続き、山行の歌も多いが、さいごに翌昭和三十二年（一九五七）八月下旬に宮地は単独で丹沢主稜の縦走を果した、その折の作品を二首記しておこう。
・わがこえて行くべき山かひんがしにほのかに赤き空に接して
・雨にぬるるくま笹みちをのぼり行き心はくるしこの山なかも

25　昭和三十五年前後のアララギ先進の歌

前々回の本稿では宮地の昭和三十五年ごろの秀歌を採り上げたが、それでは、彼の属していたアララギの選者や有力作者たちは、どの様な作品を作っていたのだろうか。今回は土屋文明と吉田正俊の歌を俎上に載せる。

実はこの頃から十年ほどの間が戦後アララギの最盛期だったのではないだろうか。昭和三十年に入会して以来、アララギが消滅する迄の約四十年間、この歌誌の消長を間近に見つづけて来た筆者の目にはそのように映る。

まずは御大、カリスマ的指導者であった土屋文明について記す。

昭和三十五年は即ち一九六〇年である。この年明け早々に、前にも記した如く文明は戦後短歌史上に残る一連の作品を発表している。

・旗を立て愚かに道に伏すといふ若くあらば我も或は行かむ

歌集『青南集』（昭四十二刊）に所収の、初出の校正刷（昭和三十五年二月号）を直接手にした我々若者は驚きもしたし、この文明作品に鼓舞され昂奮して語り合ったものである。その月の作に次の歌もあった。「かの時に憎みし面（つら）どもはやく亡び新たなる面新たににくむ」。

右の歌はその年の一月中旬、日米安保条約の改定のため岸信介以下全権団が羽田から渡米するのを阻止しようと学生らが、空港ロビーや路上に坐り込んだデモを背景とする。石に端を発した五月十九日の自民党の単独採決で安保改定は成立。その夜、十万人の人々が国会議事堂を取り囲んだ。当時、学生だった我々は、その中の一人であった。更に六月十五日には全学連を中心にしたデモが議事堂門内へ突入して機動隊と衝突、東大生樺美智子は犠牲となって死亡。その時の文明の歌。

・一ついのち億のいのちに代るとも涙はながる我も親なれば

この作品はアララギの七月号に載った。これらの作品をほとんどライヴ状態で読んだ時ほど短歌からナマの感奮を得たことは無かった。しかし、しばらく後に近藤芳美がアララギの作品評に、この老人ひとりにこういう作品を詠ませていてよいのか、と叱咤しているのを読み、私は自分の無力さを恥じ、落ち込んだのも事実である。その後の十数年私には休詠状態がつづいたのである。

これらの作品を詠んだ時の文明の齢、七十歳。文明はその後も逞しく生き続け、歌い続け、百年の生涯を現役歌人として貫いた。

スペースが残り少なくなったので、ここでは、戦前から土屋文明の首唱した「生活詠」を支えホワイト・カラーの一人としての生活感情を『天沼』（昭十六刊）で表出した吉田正俊の歌について記す。

昭和三十四年八月に、戦後アララギの良心とまで謳われた金石淳彦が死去する。アララギ会員の多くが、月々発表される金石の病床詠に関心を寄せていたのを思い出す。

吉田正俊の歌集『霜ふる土』（昭四十五刊）所収の「友の死」は金石の死を悼む挽歌四首。うち二首を引く。

・おもかげに立つなき君をかなしむに共に学びて相倦まざりき

・命なげく月々の歌われさへやその折々に清まりたるを

一首目の「おもかげに立つなき」云々は、金石の歌と生涯を尊びながら終に相見ることがなかった事を言っている。この年の高尾山安居会で金石へ寄せ書きした吉田の歌を記す。

・相会はぬ君に親しみ年経しを高尾の山にけふ思ふかな

26　昭和三十五年前後のアララギ先進の歌（承前）

引き続き昭和三十五年ごろのアララギの中心作者らの作品を紹介しよう。

まず最初に敗戦後いち早く、土屋文明と協力してアララギを復刊させ、その後の二十年間、アララギ発行所を背負った五味保義の作。

・ただざまに今日見る諏訪の山と湖はみ冬に入らむきびしき光（昭33）

・すぎし日に心かへれば丘端（をかはし）の校舎より土屋校長来るかと思ふ

右は歌集『一つ石』（昭三十五）末尾の歌。二首目は旧諏訪高女の校長を務めた文明を詠んだもの。

次に戦前戦後を通じ、アララギの良心とも言い得る柴生田稔の作品。

・追はるる者守れとビラは貼られたれどここにみなぎる傍観的雰囲気　（昭34）
・この構内の今を領するアパチーの空気に何よりもわれは恐怖す　同
・戦車の名もすでに復活してゐたりさりげなきものの移りのごとく　（昭36）

これらは安保闘争がらみの大学構内と、それに続く社会の変化へ目を向けて、今日なお、知的抒情の魅力を伝えている。

次に紹介するのは、アララギ随一のテクニシャンと自他ともに認める（と思われる）小暮政次の歌数首。

・君は意固地に吾は図々しく年長しと思ふに俄かに酔ひて来ぬ　（昭34）
・少年のわれをいたはりくれし人みみづくを飼ふ高利貸なりき
・ああ僅か二キロの差にて太平洋の思ふところに落下せしめたり　（昭35）

次に選者ではなかったが、小暮に負けず劣らずの技巧の冴えを見せた中島栄一の作品。

・一生を棒に振りしと泣く妻にわれは寂しく尻向けて寝る　歌集『花がたみ』
・石川五衛門ここに生れし山越えに大ヶ塚より葉室にこえつ

・年のわりに色気があるネと不意に云はる文明先生の横でドキマギ

中島はその後、歌誌「放水路」を創刊したが、アララギの選者にはならずに終わった。そのほしいままの言動は多くのエピソードを生んだ。

前述の諸氏より何年も遅れて選者になった一人に樋口賢治がいる。私が大学を出て初めて就職した教科書会社（一年間だけだったが）の、部門は違うが上司でもあり、懐かしい人だ。病身の奥さんを看護しその最後を看とった歌だけを集めた歌集『春の氷』（昭三十五）がその頃出版された。記憶に残る一冊である。その歌集の掉尾を飾る妻への追悼の歌に小題「春の氷」の一連がある。

・春の来るけはひは親し軒並に出でて凍りし雪を割るなかに
・雪とけし岸にかぎろひの立つ今日をひとり来ればただ汝を恋ふ
・みなぎらふ川の中らを春の氷ながれつつ行く永久に思はむ

この歌人は戦後のアララギで土屋文明が文化活動の拠点として地方の歌誌を興すべしとの呼びかけに北海道（札幌）にあって「羊蹄」誌を以って呼応した。この歌誌は樋口の人柄を愛する多くの人々の支援を受けて、全国各地から会員が参加し、後の「北海道アララギ」の基となった。

樋口は稀代の「酒徒」で、私は会社の帰りによく新宿東口の「二幸」うらの「あづま」へ連れて行かれ、錬えられた。樋口の亡くなったあとは、西域に関する本造りも兼ねて神田、神保町の「弓月（ゆづき）」がたまり場となったが、地上げのあおりを受けて今は無い。そして私もめっきり酒が弱くなった。

27　非行多発の職場詠

昭和三十四年ごろから宮地作品には職場詠の占める割合が非常に多くなる。その内容は、年を追って多発する少年非行の問題と、組合運動に伴う職場での同僚たちの動きを左右どちらの側にも与しない自己の立場を保ちながら、やや冷めた眼で描写するところにこの作者の特徴がある。

まず少年非行に関わる作品をあげよう。どれも昭和三十六年の作品。

①腕組みてあらぬ方向き一人立つすばやく隠る他の少年ども
②階段を駈けのぼり来る少年はスッテンコロコロとつぶやきながら
③調べすませて寒き部屋より帰らしむ皆十四歳にしてたくまし
④窓越しに我は見てゐつ素直になり私服に連行されてゆくさま

この頃になると、終戦直後から二十年代の末ごろの栄養も十分でなく小柄の少年少女が多かった時代と異なり、学校給食の制度が行きわたり、食生活も改善されつつあった。十代の少年少女の体格も目立って大柄な生徒たちが多くなっていったようだ。

③、④はその様子を詠んでいる。「皆十四歳にしてたくまし」は、まさに実感であったろう。作者はやせ型、やや小柄であったから、非行少年たちに取り囲まれると圧迫感、時には危険を感ずることも多かったと後に述懐している。どの教師にもこの問題は悩みの種であったが、特にこの作者の勤務校は、この後もしばらく問題が多発し、その卒業生の一人が、ある事件に関わり、死刑となったことがある。

その時の心境を述べた作品を私は何とも言えぬ気持で（私もその中学校の卒業生だった）読んだことが忘れられない。その歌を引く。

⑤既にして処刑されしかの少年を枯草の中に来り悲しむ　（昭37）

⑥帰化できぬしくみをくどくどと歎きゐし少年のことも思ひ出だしつ

なお先に挙げた作品中の②の「スッテンコロコロ」は、作家の深沢七郎が自作の小説（皇室に関わる）中に使った、ある事柄の形容の言葉であり、掲載文の発行元、中央公論社の社長宅の「女中」さんが「右翼」の者に殺傷され、世に「スッテンコロコロ事件」として、一種の流行語となった。そのことを反映した歌だ。

さて組合運動で騒然とした職場の歌。

⑦部屋替へて組合員のみ集まりぬ指令を難ずる一人また一人

⑧処分おそるる発言ありすぐに反撥ありそれよりしばし沈黙続く

「右」にも「左」にも全幅の信頼を置けぬ作者は「沈黙」を続けざるを得ない一人だったと思われる。

こうした救いのない教師の日常をわずかに救ってくれるところが、すでに一男一女の父となっていた家庭生活の場であった。

⑨縁側を這ひのぼり来しをさなごのふぐりはいたく砂に汚れつ

⑩耳の中に汗ためてねる幼なごを見ながら妻と蚊帳を吊りあふ

⑪畳のうへ駈けめぐる子よ横たはる我を幾度もとび越えながら

⑫おもてにて遊ぶをさなご神様にお祈りするのよといふひとり言

⑬幼なごの立ちたるあとの布団の上坐れば粗き砂こぼれをり

地味でつましい家庭生活、市井の日常のある一場面がささやかな幸福感と共に描写されている。何か初期モノクロの小津映画の描写を見るような思いがする作品である。

28　壮年宮地、昭和三十七年の歌

この歌集『町かげの沼』もそろそろ終章に近い。昭和三十八年の作品が本集掉尾の作となるから、今回はその一年前、宮地四十三歳の作品である。

この年の春に次男哲夫が生まれ、彼は二男一女の父となった。すでにアララギの次代を荷う歌人として、時々「文章を書くのはいいが、歌はダメだ」と、歌の世界への不満を口にしつつも、アララギの中枢に関与する。

作歌活動よりも、文明や五味保義の膝下にあって「正岡子規」の研究などに精を出していたのだが、それはやがて、『正岡子規全歌集　竹乃里歌』（岩波書店、昭和三十一年刊）として結実した。

また、「左千夫全集」が、山本英吉（中央公論社専務）を中心に編集の緒につき、宮地は山本に慫慂され、その刊行に至るまで尽力。

昭和三十七年の冒頭の作品は、奈良、天平時代の奴婢帳を見て発想した特色ある連作。これは多分、『萬葉集私注』が刊行され、その書評がらみの歌だと思われる。

①黒子（ほくろ）の位置疵の位置細かく記したり読みつつ行けば遠き世あはれ

②宝字二年の稲を収めぬ代りとし寺に五人の奴婢を寄進せり

③をさなき兄弟にして奴婢帳に大雪小雪とありしその名よ

古代の資料を読み、そこに眠っている、小さな事実に着目し、現代に於いても十分読み応えのある歴史詠に定着させる能力に宮地は長（た）けていた。師匠の文明ゆずりの才能と言うべきであろう。

例によって組合活動や職場の歌も散見する。

④せめぎ合ふ文書まはしてこの狭き地域に主流派あり反主流派あり

⑤つつがなく卒業式を終へむ願ひかつて思ひも寄らざりしもの

そして宮地作品の定番となった家庭詠。

⑥幼ならを妻の呼ぶこゑそれぞれの小さき布団に湯たんぽを入れて

⑦面寄せてみどりごに接吻せむとする幼き姉のしぐさ見守る

⑧かたはらに坐れる妻が煙草など吸ひ試みてゐたるしばらく

自身の幼児らの動きをよく見詰めて、作歌するに相応しい場面を見逃さず素速くまとめ上げる俊敏さがこの作者の特徴でもある。

この年の夏、伊藤左千夫の五十回忌の碑前祭が亀戸・普門院の左千夫墓前でとり行われた。その前日まで高尾山薬王院で、アララギ安居会(あんごかい)が行われ、土屋文明以下百数十名が碑前に集まった。その後、一同はゆかりの錦糸町駅ビルの屋上のビア・ホールで、文明の左千夫牧舎で働いていた頃からの思い出を中心とした講話を約二時間にわたって聴くことが出来た。

その日の宮地の歌。

⑨木ささぎの夏枯るる下に並び立つ左千夫先生の墓陸軍上等兵の墓

⑩けふのため遠来し人の涙ぐむ地図をひろげて語る君の前

⑪年は二つ幼児雪子と詠みまししをおうなとなりてここにいませる

⑨の「木ささぎ」は「梓の木」の別称。「梓弓」の梓だ。「信濃」にかかる枕詞。今なら、さしずめ、特急「あずさ」だ。
⑩はアララギの遠来のベテラン会員の前で、懐旧談をする「君」、即ち文明の姿をとらえた。
⑪は左千夫の作品に「二歳」と詠まれている人が現（うつつ）に会衆一同の前に、媼として出席されていることに感動したのだ。

私はこの日、若手（三十代だった）の一人として、受付をしていたが、二時間の長丁場を悠々と語り切った文明の活力に感銘を受けた。今、普門院はすっかり荒れ寺となってしまった（その後、本堂周辺の木立ちも手入れされ、左千夫の「牛飼」の歌碑もすぐわかるようになった）。

29　壮年宮地、昭和三十八年の歌

宮地の第一歌集『町かげの沼』（昭三十九・白玉書房刊）は昭和三十八年までの作品で終わるので、今回と次回の二回分を使って記念すべき、この歌集の最終部分について記すことにしよう。

歌集の刊行部数は五百部、なかなか古書店の店頭に姿を現わすことのない本である。後年、文庫版（平九・短歌新聞社刊）が刊行され、しばしば版を重ねたので、文庫本は時々今でも見かける。

歌集『町かげの沼』の持つ大きな特色は、下町それも江東地区、墨田地区とはかなり異なる「葛飾」を舞台にした家族詠、生活詠を中心に、彼の愛した奥多摩や丹沢の山々の自然の中で慰藉された山岳詠が織り込まれている事である。

この当時の「葛飾」には高層建築物は殆どなかった。宮地の家のすぐ近くには中川の流れがあり、その土手上の道を上流へ十分も歩けば、茂吉が「雁」を詠んだ「奥戸」で、そこで中川は蛇行し、水辺には蘆が群生する。宮地の最も愛惜した場所。

江戸期以来の「葛飾」の農村風景は、自転車で北上すれば、「水元、小合地区」の広大な田園風景が展開し、一日がかりの遠足となる。

宮地が戦後七十年もの長きにわたり詠み続けた生活詠の背景には、「葛飾」が存在していた。歌集『葛飾』と『続葛飾』はその最晩年の所産。

昭和三十八年（宮地四十三歳）作の冒頭二首に宮地が好んで歌の材料とした「水辺の風景」が詠まれている。

①おぼほしく川下こむる煤煙のなかに入り行く日はふくらみて

②満ち潮となりたる川につくばかり葛西橋低く傾きて立つ

①では煤煙の中に大きな落暉が河口に輝く景観を把らえ、②では都心と千葉を結ぶ、当時の物流の大動脈の中間地点に架かる葛西橋（荒川の河口に近い大橋）が満潮によって橋脚を没せんばかりの、景観を把えた。

東京西郊の多摩川ではこういう景観は得られない。葛西橋は戦前には、土屋文明が、新しい都会詠を即物的に描いた場だ。

この橋の東岸は江戸川区の西葛西、西岸は砂町。戦中戦後の代表的な俳人石田波郷はこの砂町に戦後住みつき、下町一帯を広く歩き、その風景を撮り、書き、吟じて『江東歳時記』の好著を残した。

しかし、波郷が砂町で暮らしたのは、わずか四年程。一方、わが宮地は実に、その二十倍近くの長い歳月を葛飾の本田川端町（のちに東立石と改称）の地に住み続けた。宮地が市井の歌よみとしての目線を保ち続けられた大きな理由である。

この頃の佳品を次に列挙しておこう。

③「君が代」を歌はぬことに心決め数よむ中に手を挙げてゐる

④それぞれに心傷めし生徒なりきわが前を腕組みて歩み行く

⑤次々にくじに当たれる名を呼べり古白遺稿も人に買はれ行く

⑥をさなごはあやしみて言ふたんぽぽのゆふべゆふべに花とざすさま

⑦轟ける機械の中を出でて来ぬみな慣れて素直に働くといふ
⑧引取りに来し父親を教師らのゐ並ぶ中にののしりやめず

依然として非行少年らを相手に苦闘した教師生活の中で⑤のような作に出会うとほっとさせられる。古白は子規の従弟、将来を期待されたが、人生に煩悶し、若くしてピストル自殺。その「遺稿」は、今では市場に出ることのない貴重本。子規学者を自認した宮地の手にすることの出来なかった本だ。

30 『町かげの沼』の掉尾の歌――昭和三十八年

昭和三十八年(一九六三)には宮地は四十三歳になっていた。妻の康子は一回り下の三十一歳くらい。すでに子供は二男一女、父母も健在だったから、一家七人の賑やかな家庭であった。結婚後六、七年たち、妻子を歌材とした作品も多くなり、その中には佳詠秀吟の類も少なくない。

この歌集の最終部分からしばらく引く。

①おもてにて言ひ争へるこゑ聞けばいたくふえたりをさなごの語彙
②一せいにとび立つ鴉にこゑあげて幼な子は追ふ草むらの中を
③厚き辞書抱へゆく子を見守れば戸棚をあくる踏台とせり

④長生きしてねと言ひし妻の言葉人群るる中にゐてよみがへる

②の作は家族と共に信州の霧ヶ峰に遊んだ折の一首。近景は鴉と幼児の動きのある情景、背景には高原の草むらの広がり、その奥には北アルプスの山々がある筈だ。

③には辞書を抱えて、それを踏台にしようとする幼児の姿が印象的に描かれている。「辞書」云々に、如何にも歌よみとしての宮地の冷静な視線を感ずる。妻子を詠む時に一方的な溺愛ぶりに陥らず冷静さを保っている。康子夫人のある時ふと言った一言を逃さず把えた歌④が実にいい。

特にこの十余年後にガンで亡くなる妻康子の「長生きしてね」が暗示的に哀切にひびく。

次ぎにあぐべきは、以前から問題作を多く発表していた教育現場に於ける非行少年の問題が、依然としてこの歌人の主要テーマの作品群だ。

⑤プレスにて指を落としし生徒のことこの二三日思ひ離れず

⑥涙ためて校舎の陰にうづくまる一晩家に帰らざりきと

⑦尋常の神経にては堪へ得ずとつくづく思ひわが机による

⑧結局は生徒のことが話題となるかく飲みあへる今宵といへども

⑤の「プレス」で指を落とすこと自体がこの地域の生活、貧困などの実態を重く、悲しく伝えている。金属工場などの下請けをしている家庭が多く、金属製品の部品を打ち抜くプレス機

を家の玄関脇に設置している光景が、青年期まで葛飾に住んでいた私にはありありと浮ぶ。そして、この地域の中学校に勤務している教師らが勤務後の飲み会の折も、こうした生徒たちのことが結局は話題としてついてまわるというのである。

さいごに、いかにも宮地という歌人の歌だ、と思わせる作品を引く。

⑨わづかなる園の空地に土盛りて残る菖蒲も滅びむとする　　吉野園跡
⑩帰還する船を待ちつつ栽培せしバイヤムメラの味も忘れがたし
⑪予想せる如く子規の名をとどめたり初めて読める鷗外徂征日記に
⑫埃かぶるハバロックエリスの一冊を今宵見る心をしづめむとして
⑬湯に入りてうち仰ぎゐるしばしだにはざまの空を星は移ろふ　　北八ヶ岳
⑭たふれ木を越えむとしつつ顔に触るさるをがせ取りて手帳にをさむ

⑨の吉野園は戦前、古くは左千夫、節、その後茂吉、文明が足跡を残す。葛飾区の四ツ木駅近くの四ツ木中学校内にその跡がある。⑩のバイヤムメラ、⑪の徂征日記、⑫のハバロックエリスなどに、読者の知的好奇心がかき立てられる。さいごの二首は北八ヶ岳の単独行。山に対する関心を長く保ちつづけた宮地の姿が彷彿とする。

選歌後記

宮地伸一

・原爆を落とされし理由（わけ）を子に問はれり試したかつたただけと答へり

第三句は「子に問はれ」と中止法にして「問はれり」とまで言わぬほうがいい。そして結句は「答へり」でなく、

筆跡（添削の例）

III 『夏の落葉』（第二歌集）の時代

31　第二歌集『夏の落葉』の時代

前回までの第一歌集『町かげの沼』も厳選された歌集だが、これから本稿の対象となる『夏の落葉』もまた更に厳選された作品集である。

昭和三十九年から昭和五十三年に及ぶ十四年間の作品五二七首を収録したものだが、単純計算すると、一年間に三十七首しか採録しなかったことになる。しかし、それに倍する数の質のよい作品が捨てられてしまったのは今にして思えば惜しみても余りある。

当時は作品発表の場も少なく、後年の宮地作品よりもはるかに一首一首が丁寧に作られ、密度の高い作が多かったからである。

この歌集には小題がなく、次の三つの部分から成る。

⑴海山（一五一首）、昭和三十九年から四十五年まで。
⑵水辺（二〇四首）、昭和四十六年から四十九年まで。
⑶夏の落葉（一七二首）、昭和五十年から五十三年まで。

この歌集の「あとがき」によれば、その時々に右の章題となった「海山」、「水辺」、「夏の落葉」の三つの歌集を考えていた由だが、現実には最後の章題を生かして第二歌集『夏の落葉』が誕生したわけである。

この歌集の時代に宮地の人生で最も重大な出来事が二つ起った。一つは昭和四十七年にアララギの選者となったこと。このことは、いやおう無しにアララギの指導者の一人として、もろもろの重荷を背負うことになる。

この時期、恩師であり、妻の康子を引き合わせてくれた、戦後アララギの屋台骨を荷った五味保義は病に倒れ、療養を続ける身の上になっていた。

もう一つは、宮地の家庭生活を献身的に支えてくれた妻の康子が癌を病み、昭和五十一年三月に発病し、七ヶ月に及ぶ闘病生活も空しくその年十月に亡くなったことである。章題となり、歌集の題となった「夏の落葉」は正しく、このことを象徴するものであった。

先ずは「海山」冒頭の子供らを詠んだ歌。

①わが剝けるりんごの皮の長く長く垂るるを手もて受くる子どもら

②音たてて垂るる果汁を凝視するわが子よ夕べの町角に来て

子供たち（二男二女）は皆まだ十歳以下、一番下の夏子はその頃に生まれたばかりだ。その子供が、父たる作者が剝くりんごの長い皮を喜々として手に受けるさまを描写し、二首目では、ジュースをしぼる側らで好奇心一杯の「わが子」が一心にそのさまを見つめている。勿論その背後には、子供らの姿を見守る作者の視線がある。

この歌集にも、「デモ」を詠んだ作品が多い。教員組合（日教組）独自の闘争もあったろうが、私は、ベトナム戦争に関わる行動が多かったのではないかと思う。昭和四十年の二月には、米軍によるベトナムの「北爆」が始まっているからだ。

③暗殺さるる幾年前か傘さしてにこやかにメーデーに在りしおもかげ

④日本軍罪悪史といふ書出づべしと戦争止みし時に思ひしものを

⑤足踏みしつつ我等が列の過ぐる待つトレーニングパンツの少年どもが

⑥紅旗征戎吾事に非ずといふ語さへ思ほゆるなり飜る旗の下

社会詠的な作品が多いのも、この作者の特徴の一つ。世の動きにもかなり敏感な反応を示すのである。本歌集はそうした事象とこの作者本来の純粋な抒情的な作品が織り込まれて展開して行くのである。

32 教師としての歌――昭和四十年前後

いつの世の教師も、少年少女の非行の問題では、深く傷つき、悩むものである。中学校の教師としての宮地も昭和三十年代から四十年代にかけて、この問題に深刻に直面することとなる。私が昭和四十年に都立高校の教師となった頃、学校紛争以外のことで、生活指導の面では日常的に深刻な場面に出合うことは少なかった。

その頃の私はアララギでは、若手組の吉村睦人、岡部光恵、河田柾、大河原惇行などの友人と行動を共にしていたので、宮地とは歌会で顔を合わせるくらいになってしまったが、中学校の職場で遭遇する非行の問題を口にする時の、その表情は苦渋に満ちたものであった。その頃の作品を引く。

①ためらはず軍国日本を讃美する一冊を読む生徒より借りて
②心通ふ教師は一人もなしといふ少年の前にしばし口つぐむ
③部屋のすみに捕まりし者ら並び立つ教師より親より丈高くして
④つつがなく少年院を出たりと言ふアイシャドウ濃き少女連れたり

こうした教師としての日常、とくに②のように面と向って生徒の言葉を聞かされ、救われようのない惨めさを感じることも少なくなかったのではあるまいか。

たまたま、ここにその頃の宮地からの葉書がある。初夏の頃、日光の奥白根山（二五七八米）に登った私の便りへの返信。

「近ごろ、というよりもここ五、六年は山らしいところに行ったこともありません。せいぜい信州の霧ヶ峯程度です。（そうでもないかな。八ヶ岳の一部へも行っているから）。昔、君たちと歩いた時が本当になつかしく、いい時だったと回想します。（中略）ではお元気で。貴君のお母さんとは時々お会いするのに君とは『ただに会はぬかも』ですね」。私が中学を卒業してから十年以上になった時期でも、妹たちが、その中学校でお世話になっていたのである。私の十人兄弟（うち三人は妹）のうち、七人は宮地に国語を教わったのである。けだし稀有な例と思われる。

さて、昭和四十二年の作品に「九月十九日」と題する四首がある。

⑤颱風の過ぎてやはらかき秋の光子規を囲めるみ墓べに差す

⑥十日ほど前に碧梧桐に告白せしことありきとふ人に知らえず

この日は子規の命日、⑥の作中の「告白」とは如何なることを語った句であろうか。気になる一首だ。子規全集の第二十二巻は一冊丸ごと年譜である。非常に詳しく、年譜というより「日譜」といった方がよいくらいだ。その年譜に、九月十九日の子規の死に至るまで碧梧桐は看護当番などで子規庵へ行っているが、それらしき記述はない。

しかし、その手の話は地方の新アララギ系の歌会へ出かける折に時々子規の艶めいた話をされるので、多分そのことだと思われる。碧梧桐の『子規を語る』（昭十）では例の向島の長命寺のそばの桜餅屋の娘との「ローマンス」は出てくるが、そのことではあるまい。子規学者を自任する宮地のことだから、とんでもない事実をつきとめていたかも知れない。

⑦鷗外の妾は四ツ木村の生れなりとかかることまで穿鑿したり　昭42

作中の四ツ木村は江戸の切絵図の古い地図にもある。今の京成電鉄の四ツ木駅辺り一帯をさす。かなり広い区域の名称。

今では、この四ツ木の女性のことはかなり詳しくわかっている筈だ。私と大学同期の山崎一穎君（跡見学園理事長）が鷗外研究家なので、一度聞いてみたい。

33　考証好き、出典探索ハンターの歌

宮地が生涯好んで詠んだ分野では、古今の和歌文学などについての考証、それに関わる人が書き残した細々とした文章についての出典をつき止める嗜好、考証癖を発揮したもの。特に歌語や語法などは細部にわたり探究することが多く、私などもずい分その用例集めに関わったものである。その成果の一つに『歌言葉雑記』（平成四年、短歌新聞社刊）があり、現在でも多くの歌よみが参照している。

細川謙三は『夏の落葉』の歌集解説で、この性癖を「異常と思える程」であると記すが、私は、自分自身もその「癖（へき）」を持っているせいか、宮地のこの「癖」を特に「異常」とは思っていない。

今でも私はアララギ系の歌誌でいくつかの「合評」に参加しているが、対象の作品の疑問点を大ていの人は、とことんまで追究せず、途中で探索をあきらめてしまうことが多い。合評担当者として、常に感じている「物足りなさ」がある。そこをもうひと粘りして、疑問点を解明しようとする意欲と探求心の強さが、宮地にはあった。

昭和四十三年（四十八歳）の作品から、いくつか引く。
①老証の書重ぬれば心たのし邪馬台国はいづくなりとも
②万葉集総索引の誤植ひとつ見つけてけふの心立ちなほる
③その妻に私小説を書かしめし鷗外の心をさまざまに忖度す
①は多分、松本清張などに代表される、その頃の邪馬台国ブームに関わる出版物を幾冊も読んで楽しんだのであろう。勿論、「魏志倭人伝」などの記述も手許において読みくらべた筈である。
今の人は、余り②の本を参照しないようだが、用例しらべは、日常的に自宅の書斎で行っていたので、時々こうした誤植を見つけるのである。『広辞苑』などの語釈の不備や誤りなどを見つけるのも得意で、よく話題としたものである。
③の鷗外の妻の「しげ女」は、二番目の妻で、才色兼備のこの女性を鷗外は深く愛し、可愛がると言った方がよいかも知れないが、小姑の多い家族の中で、しげ女が孤立しないように配慮。祖母や母親の言に忠実に従った鷗外だが、しげ女は特別な存在で雅文小説「そめちがへ」を残した。
次は宮地らしさを発揮している作品。
④俊彦さと言ふは赤彦のことにして声低くしばしば語りたまひき

⑤この坂をたづね来りし赤彦夫人泣きて訴へし話も聞きぬ
⑥わが机の前に立ちたる少女子(をとめご)の汗のにほひもかなしきものを
⑦公園に入りて隊列を解きしより我ひとり来ぬ橘守部の墓に
⑧友二人亡くして最悪の旅なりとアフガニスタンよりの短き便り

④⑤は諏訪での作。赤彦を古くから知り、甥の五味保義を赤彦と引き合わせた叔母との話によった。後者の⑤は中原静子と赤彦のことを赤彦夫人が訴えたのであろう。⑥は職場での作。時にこうした作もある。⑦はデモの折の作。デモとは別のことを考えている作例は多く、大抵は考証がらみの、宮地らしい歌。なお、守部については一二二ページを参照。

さいごの⑧は私のことを詠んだ。昭和四十三年（一九六八年）の夏、私はその頃、ヒンドゥ・クシュの最後の大物、コヨ・ゾム（六八八九米）に初登を試みて失敗。同行の友人二名を失った。帰途アフガンのカブールに十日ほど滞在中に、宮地へことの次第を報じたのであった。かれこれ半世紀近い昔の出来事である。

34　月面に人類到達の年、昭和四十四年の歌

この年の七月、人類の夢とされていた月面へアメリカのアポロ十一号が到達、米ソの宇宙開

発競争でアメリカが一歩先んずる結果となった。

しかし、めでたい話ばかりではなく、年頭には東大紛争による安田講堂を巡る攻防戦が行われ、多くの日本人がテレビの実況放送に見入った。

宮地の詠んだのは、その一ヶ月後の神田駿河台の明大や日大辺りでの状況である。天上界のイベントと地上での出来事。日本の首都でガス弾が飛び交う情況が同時進行の如く、この年に起ったのである。

この二つの甚だしい落差を、宮地は一人の歌よみとして機敏に作品化している。

①横倒しにせる乗用車を境とし丹念に石を砕く一群

②ガス弾と石とまじりあふ渦の彼方平然として電車動きをり

③八階のうへまで大きく響くこゑガス銃を発射しろどんどん発射しろ

④はがされて土あらはなる歩道ゆく古代語一つにこだはりながら

この一連は駿河台のどこから見ていたのか。当時のアララギ関係者ならすぐピンとくる。(3)の「八階」といっただけで、私はああ、あそこから目撃していたのか、と合点する。

JRお茶の水駅から駿河台下へ至る坂の半ば、西側に立つ明大の大学院棟がある。

そこの八階にアララギ選者、柴生田稔教授の研究室があり、アララギの「万葉集合評」の会などが行われていた。

③の作は機動隊の指揮官らしい者の声を使って迫力満点。④なども、しばしば記したように緊迫した場面でも「古代語」のことを考えずにおれない宮地らしさを伝える歌。

さて、もう一つのトピックスの月面到達の歌。

⑤月面に長く長く引く人の影今ありありと映し出だされぬ

⑥細き月にあきらかに見ゆる静かな海そこに人ゐて今眠るとぞ

⑦人二人今かの月に仮眠すと銀座に来り仰ぐ白き月

ここではよくある「人類初の」などという礼讃の言葉はない。もっと地味な、いわば「月」での宇宙飛行士たちの「生活」を思いやっているところに宮地らしい視点がある。

特に⑦は銀座にやって来て、あの天上の月に今二人の人間が仮眠しているという、それまで全く考えられなかったことが作者の眼前にあることへの感動を伝えている。

実はこの二つの連作に続いて出てくる、もう一つの連作に宮地らしさが発揮され、活きいきした歌が生まれた。

十三年前に行った土佐への旅が再度この年に実現した。前回はわずか二首、今回は九首もの豊かな連作が歌集に載っている。単に鹿持雅澄を追慕するだけでなく、早くに愛妻を失った万葉の歌人、大伴旅人も歌うが、貧の故に郷国土佐を一生出ることなく、万葉注釈に生涯を費やした学者への同情が語られ、厚味のある豊かな連作となった。

⑧配偶者（つれあひ）を亡くしし大伴の旅人の歌身に沁みて注したるにあらずや
⑨ただ貧の故かと思ふ土佐の国を出でざりしこととまた婚せざりしこと
⑩一生かけて万葉集を注しつつ大和の国もつひに見ざりき

この雅澄生涯の大著『万葉集古義』を中学生（旧制）の時に土屋文明も宮地伸一も読んでいるのだ。

宮地は妻を早く亡くした旅人に同情しているが、後に自分も全く同じ境遇になるとは、この時点では知る由もなかったのである。

35　三島事件、父の死、昭和四十五年の歌

この年の暮近く、ノーベル賞作家になるのではないかと、喧伝されていた三島由紀夫が、自衛隊の市ヶ谷駐屯地に仲間の青年数人と共に突入して、割腹自殺を遂げるという事件が起った。

自衛隊庁舎のバルコニーに立ち、大勢集まっていた隊員たちを前に、決起を促すアジ演説をする鉢巻姿の三島の行動をテレビ中継で延々と見詰めていた人も多かった筈だ。

この日の印象を宮地は次のように詠んでいる。

①志高ければ文は描きをよしとすと意識したりや描き辞世
②絶えまなき怒号のなかに断続して切々とせる声を伝ふる

①は三島の辞世のこと。戦前の幾度かの挫折したクーデター（五・一五事件、二・二六事件）で青年将校たちが遺した国士風の辞世によく似ている。彼がボディ・ビルなどで肉体改造していたことや、その筆蹟、特に署名の四方に広がるような、不自然な大きさも私は好きになれなかった。

②の「怒号」は、バルコニーに立って決起を訴え続ける三島へ、集まっていた自衛隊員たちが浴びせた罵声、怒声だ。その中で演説を続ける三島の悲壮な感じが印象的ではあった。

この年の六月、宮地は父の源六を失った。佐賀出身の人である。私が中学生から大学卒業へ至るまで宮地家へ出入りしていた印象では、宮地の父を詠んだ作品から受ける一種の冷淡さよりも、内側には世の常の親愛感がたたえられていたように思う。それは、母ニシキを表面的には皮肉をこめて詠んでいたと同様に、「愛」と「憎」が裏腹の関係で存在していたと見るべきであろう。この歌集に収められた、父に対する挽歌一連、十一首の連作がそのことを物語っている。

③病棟に父置きて来ぬ今宵より安らに寝むと思ふさびしさ
④新入りの父がもつとも頭ぼけてこの大部屋のなかに起き臥す
⑤縛られてしづかなる父きその夜はベッドより三たび落ちたりと聞く
⑥父の名札かかりてあれど一つのみ空きたるベッド見るに堪へめや

⑦並び臥す父と老女（おうな）のなきがらもえにしと言へば悲しくもあるか

アララギの二大歌人、茂吉と文明もその母の死に際して、多くの挽歌を残している。茂吉の場合は、ひたすら純一にその死を悲しむ悲嘆の響きが特徴だが、文明のそれはもっと即物的に死の現実の場面を抉るような歌が多い。宮地の詠風もどちらかと言えば文明型である。

しかし、次のように貧しい生活を送った父の生涯を温くいたわるような歌もある。

⑧ただ働くのみに足らひし一生（ひとよ）思ふ棺のそばに眠らむとして

また次のような挽歌もいかにも宮地流である。

⑨しみじみと父逝きし後に思ふことその筆跡をひとたびも見ず

しかしまた、この年の終わる頃の歌も忘れ難い。

⑩父に言はず買ひしこの墓地安らかに今は眠らむちちのみの父よ

「三島事件」のところで書き落したことが一つある。先日、ワセダの時の同級会があった。皆七十七歳か、もう一つ二つ加算した年齢に達していた。その会では常連の或る友人が珍しく欠席した。その男こそ、「事件」の当日、長時間にわたって、現場中継で三島由紀夫の動きを伝え続けていたＮＨＫの放送記者、安藤博であった。

36　アララギの歌人と深田久弥、昭和四十六年の歌

この年三月二十一日に甲州の茅ケ岳（一七四〇米）で登山中に、山の作家として多くのファンを持っていた深田久弥氏が急逝。脳卒中だった。深田久弥は私のヒマラヤ登山、研究の師匠である。

宮地にその折の挽歌三首がある。

①君偲ぶつひのよすがとなれる山春のひかりにおほに霞める
②結婚式の帰りなれば心通ひたりきアララギの四人君を囲みて
③三日ばかり徹夜してでもアララギのために書かむと言はししものを

宮地と深田、この二人の間に何の接点があるのかと疑問を感ずる人も多いと思う。しかし接点はあった。②の歌の中の「結婚式」は、他ならぬ小生の婚礼で、神楽坂の某所で行われた。当日は明治以来の大雪の日で会場へ行くのに皆が苦労したが、深田さんは山靴を履いて駆けつけてくれた。

アララギの人々とは、樋口賢治氏の集まり、「羊蹄の会」の仲間が中心で、その「四人」とは、樋口賢治、宮地伸一、吉村睦人、内田友子（小浜照子さんだったかも知れないが）の諸氏。内田さんは串田孫一氏の従妹で、アララギの歌よみであったが、山のエッセイも時々「アル

プ」誌に発表した。

後日、宮地から聞いた話では、神楽坂という場所もよし、皆で大いに痛飲された由。

深田久弥の葬儀はその年の三月二十三日、世田谷の本願寺別院で行われた。山仲間、文学仲間ら数百名が、春雪降る中で、この愛すべき「日本百名山」生みの親との別れを惜しんだ。

私は受付をやっていたが、アララギの代表者であった吉田正俊氏が参列され、私たちをねぎらわれた。その時、私に向って「君、深田君は十年早く逝ってしまったね」と言われた。

深田さんと吉田氏ら当時の選者であった柴生田稔、落合京太郎氏は、一高、東大を通じて、文芸部の委員として文学修業に励んだ人々である。

柴生田氏は東大の学生時代にアララギに入会したが、そのきっかけは「深田から茂吉の度外れのファンとして吉田に紹介された私は、たちまち吉田とも親しくなって……」と回想している(『思い出す人々』平四刊)。また、「深田と呼び捨てにできるような友人も、もう残り少なくなった」とも述懐する。

その人々が深田久弥を悼んだ歌も少なくない。

④山が好きで山に死にたる記事ありて出で行けば会ふ古き友等とも　吉田正俊

⑤深田久弥も居なくなつたと思ひ出で眼つむりて一年を送る　柴生田稔

⑥アスパラガス太きを食べるところ記す「津軽の野づら」我はかなしむ　落合京太郎

⑦肩かしげ君と歩きゐし深田君の老いたる写真しげしげと見る　　同

かつての一高、東大という場で、かの「アルト・ハイデルベルヒ」のような青春を過した人々の学生時代が彷彿として浮んで来るではないか。

戦前のアララギには三つの青春があった。一つは左千夫膝下に集まった茂吉、憲吉、文明の青春。二番目が深田を仲立ちにした吉田、柴生田、落合の青春。三つ目は、文明の膝下で青山の発行所を舞台にした相沢正、樋口賢治、杉浦明平、小暮政次らの青春で、そこから生み出されたものは大きかった。

深田歿後、大聖寺の深田文学碑を訪れた柴生田さんは「おのづから涙の湧くのを覚えつつ、しばらく立ち尽くしていた」と記す。その純粋さが私には忘れ難い。

37　アララギ選者として——昭和四十七年の歌

宮地がアララギの選者になったのは、昭和四十七年（一九七二）の五月のことで、五十二歳の時であった。清水房雄と同時に抜擢された。当時の集Iのメンバーを見れば当然の人選（後に長森光代や三宅奈緒子が出てくるまでは、全て男性であった）と言えよう。

昭和四十年から五十年にかけてが、会員数に於いてはアララギの最盛期となった。宮地らが選者に加わる前の選者は次の六人である。

吉田正俊、落合京太郎、小松三郎、柴生田稔、小暮政次、樋口賢治。その頃、土屋文明は選歌をすることはなかったが、二つあった合評（一つは「中村憲吉短歌合評」、もう一つは「萬葉集短歌研究」）では活発に意見を述べている。

文明と並び、戦後アララギの最大の功労者と言ってよい五味保義は病床にあり、その後は選をせず終った。その人々の作品を各一首並べてみよう（全て昭和四十二年三月号所収）。

①冬の森の中に古りたる一木ありそのかやの木に来りたたずむ　文明
②ゆらぎひびく槻の梢を仰ぎつつつぶての如くすがる鳥かげ　保義
③何を学び何に心を奪はれしこととしもなき六十年か　正俊
④ここに収む北軍の屍（しかばね）三千五百十二体その名大方知られずと刻（きざ）む　京太郎
⑤白き岩群がる川原に下り来り昼のパン食ふ老いたる姉と　三郎
⑥ねもごろに事わけし言葉聞きたれば君を思ひて今夜眠らむ　稔
⑦なほ堪ふる吾と心のきほひつつ年間二百二十日の出張予定くみぬ　賢治
⑧まれまれに口きく子らと吾とゐてさむき一日（ひとひ）の夕かげるころ　房雄
⑨楽しげに魯迅をしばし語りましきその大方は記憶し居らず　伸一

それぞれの境涯詠の中で落合の北米詠が目をひくが、これは戦後第二回目の司法制度視察の折の作品で、自由闊達な詠みぶりが断然光る。

次にこの年の前半の選者就任以前の宮地作品から引く。

⑩復刻本積み重ねたり衰へし文学精神のあかしのごとく
⑪暁寒き床にめざめてよみがへる教練をただに厭ひし心
⑫二十八年後の帰還をたたへてそのあとには軍人勅諭全文を載す

この歌はフィリピンの密林で孤独な逃亡生活を続けた元日本軍の横井帰還兵の帰還を詠んだものと思われるが、私などは、小野田少尉の場合と同様に、この人々の社会復帰の素早さに驚かされたものである。

⑬自筆本より写しし「竹乃里歌」の稿本も惜しまずゆづりたまひき
⑭心こめて君が写しし竹乃里歌原本の汚染(しみ)のあともそのまま
⑮しみじみと今宵は思ふするどく神経ふるひし病む前の君
⑯試験受くと教室に君を仰ぎたりきそれより三十何年かの恩

右は「五味保義先生五首」より引いた。五味保義と宮地との間柄を実によく伝えている一連である。大泉師範入学から、アララギへ入り、第二次大戦の戦場から帰還してしばらく、アララギの若手として、特に五味の片腕として『竹乃里歌全歌集』の刊行に助力した宮地が、今は物言うことも少なくなった師の五味への感謝の思いを流露させた作品である。

38　足尾行百首、昭和四十七年

この年の五月、宮地はアララギの選者となった。その初陣を飾るにふさわしい仕事が、「短歌研究」十月号に掲載された「足尾行」百首である。

宮地はすでに四年前の昭和四十三年（一九六八）にこの雑誌の新年号に「海山」と題する三十首を発表し、第七回短歌研究賞を受賞している。

従って、この百首詠は作者の気力、体力の最も充実した時期の所産と見て差支えない。妻康子と結婚して以来十五年、子供も二男二女を得て、安定した家庭生活を背景にした作歌、執筆活動を旺盛に行っていた時期でもある。

この号の百首詠はもう一人、大西民子の「しのぎて在りて」が発表されている。恐らく、普段はごく自然体で身辺の日常詠を発表していた宮地も心に期するところがあったに違いない。

歌よみなら誰しも生涯に一度や二度、自己の作品を世に問う時がやって来る。その時の作品が宮地にとっては、「足尾行」という得難いテーマを得て、花開いたと言えよう。地味な作風の宮地が生涯ただ一度、正面切って世に問うた試みである。

実はこの大作は、後に歌集『夏の落葉』（昭五十六）に収められた時は、「足尾行　三十五首」として存在することになる。今の読者には、この連作がもともとは、「百首詠」であったことは、余り知られていない。高齢に達した頃の宮地と異なり、歌集『葛飾』（平成十六）以前の宮地は、自己の歌集を作成するに、極めて「厳選」主義であった。

私などは、せめてこの大作くらい丸ごと百首収録して欲しかった。その頃の私は三十代の半ばで、ヒマラヤに入りびたっていたので、このことで宮地と話をするチャンスはなかった。しかし、後年しきりに地方へ同行することが多くなり、旅のさなかに二、三度このことに触れたが、ご本人は「そうだったね」と、あっさり一言するのみであった。

実に長い前置き。吾ながらそう思うが、旨い物はさいごに食べるのが私の癖である。

本項では、宮地が捨ててしまった六十五首の作品からも佳作、問題作を取り上げつつ鑑賞して行こう。

①渡良瀬川みづ浄くなり流るらし少年あひ寄り糸たるるところ

②赤字線の終点は無人の駅となりこの山中にも過疎の町ひとつ

流石にこの大作の冒頭三首を宮地も歌集に入れているが、そのうちの二首をあげた。今から半世紀近い時代の足尾銅山は、まだ操業はしていたが、その終末に近づいていた。

その様子を宮地はメイン・テーマとして克明に歌ってゆく。いわばアララギ流の写実主義が、この大作のドキュメンタリー・タッチの作品にどんピシャリとマッチした感じなのである。

③年々に人の減りゆく鉱山町パチンコ店に物音もなし
④光りつつ縦横無尽に飛ぶとんぼ足尾に来り見むと思ひきや

古く慶長期に発見されその後長く江戸幕府の直轄地として栄えた鉱山（銅山）は明治になり、民間に払い下げられ、古河一族が経営に当った。

実はこの作品群が発表された翌年（昭四十八）の二月足尾銅山は閉山となる。この社会詠的な作品は歴史の上でも極めて画期的なドキュメンタリーとして、まさに紙一重の差で誕生した。その陰には貴重な協力者、同行者が存在したのだ。

39　足尾行百首（承前）

先に、宮地の足尾行には「貴重な協力者、同行者が存在した」と記したが、次の歌がそれを証している。（＊は歌集不載）

①喜びは言葉にならずわがために二日の暇（いとま）つくりたまひし　＊

足尾行の導入部として前号に数首引いた作品でも足尾の町が詠まれているが、宮地は感謝の意を表している人物と共に足尾の町で泊っている。一人は栃木県の高校教師をしていたアララギの仲間、生井（なまい）武司。アララギの地方誌「はしばみ」の創立者で、中国大陸の戦場詠でも知られていた。

また、足尾周辺に住んでいた生井の友人も同行。その人が実質上の案内者となったと思われる。この踏査行では、万全の準備がなされていた。

足尾の町で泊った夜の印象が歌われている。

②ペガサスの四辺形空にあらはれてやうやく冷ゆる山峡の町
③峡の門に澄みてかたむく天の川恋ひおもひつつ眠らむとする　＊

宮地は若い頃から天体観察をよくしていたが、その性癖は生涯のもの。ここでは早速ペガサスをとらえた。

宮地はこの大作に挑むに際して、前もって、「日本」新聞ほかの古い文献を漁ったらしく、その情報に基づく作品も多い。

④天皇を迎ふる如く「鉱山王」の市兵衛を町に出迎へしといふ
⑤「市兵衛を殺せ殺せと鳴子哉」忘れ難し「日本」に載りし吾空の句
⑥朝日照らふ足尾の山々仰ぎおもふ憎み合ひけむ明治の人ふたり　＊

④の作などは、足尾の宿での同行の人々との語らいが材料となったか。⑤の「吾空」はもちろん子規の弟子の一人である。

さらに⑥の「明治の人ふたり」のうち一人は古河市兵衛であり、もう一人は、鉱毒事件の告発者である田中正造。田中は幕末以来の地方政治家で半生をかけて、古河財閥と政府を相手に闘って敗れたが、こうした事件での闘争の始祖的な人物として後世に大きな影響を与えた。なお、天皇への直訴でも有名だが、その文章は幸徳秋水（「万朝報」の記者だった）に依頼して書かせたもの。

私が注目したのは、第二日目の足尾銅山の核心部へ入る前に、子規その他の人々の意外なエピソードを伝えている点だ。

百首という連作を、目に入った事物を手当り次第に写実的に詠んでばかりいたら読む方は退屈してしまう。これからいよいよ核心部へ入るよという気分を整える工夫とも言えよう。子規学者になろうとした宮地が、ここで子規批判を試みているのが意外でもあるが、面白い。

⑦直訴のあと山気があると批評せし子規の心はどう考へても狭し　＊

⑧古河を褒め田中くさししかりそめの子規の談話も世に残りたり

⑨非凡なる一人と古河市兵衛を兆民もその著書に記しき　＊

⑩古河にこの銅山をすすめしは世の人知るや志賀直哉の祖父　＊

⑪父にはばまれ足尾に来ざりし若き直哉それより心寄するなかりしや　＊

今では考えられないが、⑧⑨で詠まれているように、古河市兵衛を礼讃する論も大分有ったらしいが、ここでは子規と中江兆民の例が俎上に乗った。

⑩⑪には志賀一族が登場するが、直哉の祖父は旧華族の相馬家の家令をしていた人物と思う

が、その時の相馬家当主の死に関わる事件の関係者。この祖父や父との相克で直哉は悩んだが、小説『暗夜行路』にそのことは影を落としていたと言ってもよい。

40　足尾行百首（承前）

現在は足尾の町へは、「わたらせ渓谷鉄道」によって群馬県側から渡良瀬川沿いに東へ進み、栃木県側の足尾へ到達。

少し先きの間藤（まとう）が終着駅で、更に先きは、貨物線（二㎞）により足尾本山へ到る。この辺から渡良瀬上流は松木川となる。その源はこの地方の高峰、皇海山（すかいさん）（二一四四米）東麓に発する。なお、松木川一帯の狭い段丘上に製錬所、選鉱場や従業員社宅が点在し、江戸期以来の一般住民の民家なども存在していた。周囲は二千米前後に達する山岳地帯である。

宮地作品も右に述べた核心部、松木川を辿ることとなる。（＊歌集不載）

①この谷に育ちし人等部落の跡をたづぬるけふの遠足にあふ　＊

②この谷に鮮人と中国の捕虜と来て苦しみたりしは三十年の昔　＊

③谷ひとつ埋めて築ける堆積場ここに全く生ふるもの見ず

②の作品で歌われた事実は日本各地の炭坑や鉱山と共通の事実。「三十年前」と言えば、昭和十七年頃の話となる。

松木川核心部の状況を詠むに際し、宮地は明治の文人、大町桂月の告発した文章を詞書に引用している。その一部を引く。

「……煙毒を放ちて、草木を絶ち（中略）洪水を起し、山をくづし……斯くの如く悪魔的となしたり（後略）」（大町桂月「紅藤の旅」）。

④つぎつぎに現はるるやま西部劇に見たるが如きあかはだかの山　＊

⑤煙害に滅びはてたる松木村ことと言へども標(しるし)さへなし

⑥かの尾根に枝枯れて立つ一つ木よ世の行く末を見守るごとく

更に銅山よりも上流で宮地は次のように歌う。

⑦この谷に這ひのぼる煙まつ先に余さず桑の葉をば襲ひし

⑧ここにありし狭間(はざま)の村の滅びしは明治の二つの戦争のあひだ

⑨手に触れてわが息かかるちさき墓享保に死にし童子を記す

⑩さまざまにあはれありけむ封建の世に生終(せい)へてここにしづまる

慶長十五年（一六一〇）に発見された足尾銅山はその最盛期には日本全国の産銅量の三分の一を産出していた。宮地作品により、この銅山の当時の現況と歴史の跡を駆け足で紹介したが、この辺で、宮地作品も終局を迎える。

さいごにこの吟行の結論的な三首を記す。

⑪くろぐろと影引くカラミの山いくつ永き搾取の象徴の如く
⑫肌赤く音なき谷にありて思ふここを襲ひし資本と権力と
⑬遠ざかるいのちなき山かへりみてGNPのこと日本の未来のこと

ここで詠まれている搾取の歴史、巨大資本や権力の存在、GNPなどの問題は、この連作の発表された時代、即ち昭和四十年代後半の情況だ。

かつて宮地が何処の国の教師もこのような貧しい生活にあえいでいるのかと嘆いた教員の生活水準もいくらか上向きになっていた中で、鉱毒事件とはまた別の姿を変えた災禍が市民生活をおびやかすのか、という密かな不安の表明でもあった。

平成二十三年三月十一日に起った東日本大震災と、福島原発の大事故の際、宮地は死に近い病床にあり、深刻な事態を知ることもなく、その翌月亡くなった。

なお、足尾行百首は、古河市兵衛の妻女、為子が入水自殺をとげたとされる後日談三首（歌集不載）を以て結ばれている。掉尾の一首を記そう。

⑭入水する前夜に鉱毒を指弾する会に顔つつみ居りきとも伝ふ

＊

41　アララギ無頼派の死

「足尾行」の大作ののち、宮地は長い間馴染んで来た葛飾の水辺の歌を作る。彼にとっての日常の身辺詠である。

①よく見れば水に小さき魚棲めり世の滅びざるあかしの如く

②こゑあげて遊べる群にまじはらぬ鴨はしづかに日を浴びてゐる

③まどかなる月はのぼりて対岸の葦と真菰をあきらかにせり　（昭47）

②の歌について、宮地の友であった細川謙三は、歌集『夏の落葉』の解説の結語を、こう記す。

「これは自分自身のことを詠っているのだ。自らも言う如く宮地伸一は現在の自身の幸福も不幸も客観的に知り尽くして、しずかに自分の道を歩いているのである」と。

私の少年時代から知る宮地伸一の人間像の特徴をよく把握した言葉だ。

戦後文学の大きな特色として、「無頼派」と呼ばれた作家群の存在がある。太宰治や檀一雄はその代表的な人物だ。

そして、アララギにも、そのような人物は何人も居た。代表的な存在は、宮本利男で、土屋文明からもその才を愛され、口述筆記の相手を務めたりした。彼の作品は戦後アララギの俊秀を結集した合同歌集『自生地』に見られる。戦後の混乱期をしたたかに、虚無的に、ある時は奔放に詠んだ歌である。

宮本利男については、先ごろ亡くなった我妻泰（田井安曇）が二巻から成る評伝『ある歌人の生涯』を刊行してから、歌壇でも広く知られるようになった。のちに歌誌「放水路」を主宰した中島栄一も、そうした一人であり、彼はアララギ有数のテクニシャンとして小暮政次と並び称された。

ここで小文に紹介するのは、小宮欽治のことである。宮地とはほぼ同世代の彼らは戦前から土屋選歌欄で錬えられたので、語法や歌いぶりも筋金入りで、しっかりした作品である。ともに下町居住者からの視線でものを見ることもあって、アララギ誌上で、しばしば執筆した作品評でも気風(きっぷ)のいい、鋭い切り口の批評をした。特にいわゆる「同人欄」(アララギには同人という言葉はない)にどっぷり浸り、歌の上でも何の試みもしない連中へ鉾先きを向けた。

その小宮が亡くなった時の挽歌がある。

④亡き友を悲しみ来れば家の前に去りたる人も立ちていませり　(昭47)
⑤ついて行けぬ我等を哀れみほしいままに命しひたげて過ぎし一生(ひとよ)か
⑥破滅型と自らも認め言ひしかな宮本利男にもしたしみを寄せて

この三首には小宮欽治という人間の持つ多くの特徴が把えられている。友人たちがついて行けぬほどに奔放不羈であったこと、宮本と同じく破滅型人生を送ったことなど。

①の作はそれらを象徴する作。「去りたる人」とは、子供まで成しながら、離縁した妻のことだ。その人が葬送の列にも加われずかつては小宮と住んでいた家の前に佇んでたのを、作者

宮地は見逃すことなく伝えている。

人生は奇なり。実は私は、その十七年前、三十代の小宮に出会っている。

当時の私は都立墨田川高校の野球少年。極端に狭いライト側の塀を越え打球が路地の民家の屋根へ落ち、その家の主人はボールを返してくれないと評判だった。

ある日嫌な役目が廻って来た。日曜日の練習試合のあとだった。ボールを返してくれない小父さんの家は知っていた。私の兄が何と下町の高校で、小宮の生徒だったのである。二、三の問答ののち、君は中学で宮地君の生徒だったんだってね、という一言ののち、十箇のボールが返された。

42　アララギ無頼派の死（承前）

前回に引き続き、小宮欽治のことを記したい。

同じアララギの無頼派でも、栃木の加藤信夫や大阪の中島栄一にはそれぞれ数冊の歌集が残されているし、宮本利男は合同歌集『自生地』に参加した折の作品集があり、没後久しくしてから我妻泰（田井安曇）による前回記した評伝二巻が出た。以って冥すべしであろう。

ところが、わが小宮欽治には歌集がない。今ではアララギ系の人々でも話題にすることはない。この不遇のまま世を去った歌よみのエピソードを少し続けたい。

書き忘れるところだったが、宮地には前回記した挽歌（昭四十七）以外に、翌年（昭四十八）の墓参の歌もある。次の三首だ。

①水害多き土地にしあればおしなべて土より高し葬るところ

②寒き日の今し差したる石のなか君とこしへにしづまるところ

③かの一夜明けたる朝に吾に来て歎かひし言葉おもふも悲し

小宮欽治の墓が何処にあるのか、私は知らない。しかし、①の「水害多き土地」とあるので、台風シーズンに毎年のように水害に私も遇った葛飾区か江戸川区のどちらかだ。

小宮について語る人の乏しくなった今、宮地の詠作によって、小宮の晩年と死後のことが多少なりとも伝えられて良かったと思う。

さて、そのエピソードを少し記しておこう。

昨年の「柊」（北陸アララギ会誌）に、選者の小谷稔氏が連載している文章「秋篠通信」があり、当時十八歳であった小谷氏が、岡山アララギ歌会で小宮欽治と同席していた事を記している。

「……メンバーが優秀で土屋文明選歌欄でも注目されている人が三人いて二十代の男性二人、小宮欽治、松井諭三と女流の長崎津矢子の人々である。この三人が盛んに議論をするのが実におもしろかった」とある。

戦争直後、二十代の岡山の高校教師だった血気さかんな頃の小宮の姿が彷彿とする。彼の歌が二首引かれている。

④傍に諭三が声たてて笑ふ時涙あふれて吾の立ちゐる

⑤ここにして青き潮の透きとほり吾と諭三と立ちどまり見る

文中には小宮は東京高師出の国漢の教師で「強度の近眼の頭の鋭い青年であった」とも記す。若かった頃の小宮の風貌が浮んで来るではないか。

もう一つ小宮を巡るエピソードを記す。岡山時代の小宮を慕って、当時アララギ発行所の事務を手伝っていたK嬢が岡山まで行って、小宮に自分の胸の内を打ち明けたが、この恋は稔らず、Kさんは傷心のまま東京で暮らしていた。

しばらく後、傷心のKさんを慰める男性が現われた。アララギ会員で北海道の某大学の教師となったT氏である。やがて二人は北海道で家庭を築き、長くアララギ会員として作歌に励まれた。

私は晩年のお二人に北海道アララギ大会で何度かお目にかかった。T夫人は知的な、しっかりした歌を詠まれていた。

戦中から作歌を続け、戦後全く価値観の変わってしまった世の流れに同調し得ず、虚無的で、無頼とも言える生活を送っていた若い歌よみは、アララギに限らず、どこの結社にも「小宮」

の如き不遇な存在が多数いるに違いない。

私は、下町のどこかにある筈の小宮の墓を探し出し、野の花の一茎でも献じたい。そして、六十年前に一度だけ出会ったその人の墓石に一杯の酒を注ぎたいと思う。

43　夏の落葉という言葉

「夏の落葉」という言葉は、ここしばらくそこに収められている作品をとり上げて来た宮地の歌集（第二歌集）の題名でもあるが、この回で書こうとしている昭和四十八年の作品にしばしば使われている言葉でもあるのだ。いくつか紹介する。

①おびただしく一日に散らふわが庭の夏の落葉も今はあやしまず
②いさぎよしと思ふまで降る夏の落葉いかなる時のきたるにやあらむ
③「わくらば」も新しき意味を持ちたりと思ひつつ踏む夏の落葉を

東京の下町に暮らす作者が、その当時からにわかに目立って来た自然現象、真夏なのにおびただしく散るようになった木々の落葉を日常的に見て、そこにこの国の病んだ状況を象徴する現象と感じているのである。
②ではその現象に「いかなる時」が来るのであろうかと不安な気持を表明し、さらに③では、その「病んだ葉」即ち「わくらば」が単なる「病葉（わくらば）」の意味そのものを越えて、いわば「公

害」の一つのあらわれと受けとめた作者の「不安」を表わした言葉となっている。

この「不安」な気持を表わすキイ・ワードとしての「夏の落葉」は、その三年後には、思いがけない妻の発病（肝臓癌）という悲しい事態に遭遇し、本歌集の三分の一を占める妻の発病、看護、妻の死、残された子供たちと自からの生活、繰り返し歌われる妻への追慕といった作品として歌い続けられ、その作品を「夏の落葉」と名付けた。そして、更にこの言葉そのものを歌集の題名として使用するに至るのである。

②の作の下の句「いかなる時のきたるにやあらむ」という詠法や語句も宮地好みのものであり、しばらく後の次の作品でも使われている。

④水のうへにほのかに残る夕明りいかなる時の来るにやあらむ　（昭49）

この歌を宮地は好んでいて、私にくれた歌集の扉にも、この作が記されていた。

宮地は住地葛飾の水辺の風景をとりわけ愛惜した歌人だが、その風景も「公害」の時代となって年々に変容して行く。

⑤よしきりは鳴きやみ雲雀のこゑひびく夕潮差せる川のほとりに

⑥去年ここにありし吾木香をたしかめむハルノノゲシの群がる土手に

⑦岸ひくく水につなげる舟のうへぎしぎしは赤く枯れてはびこる

⑧葦原をなびけて潮のにほふ風人間にいかなる運命の来る

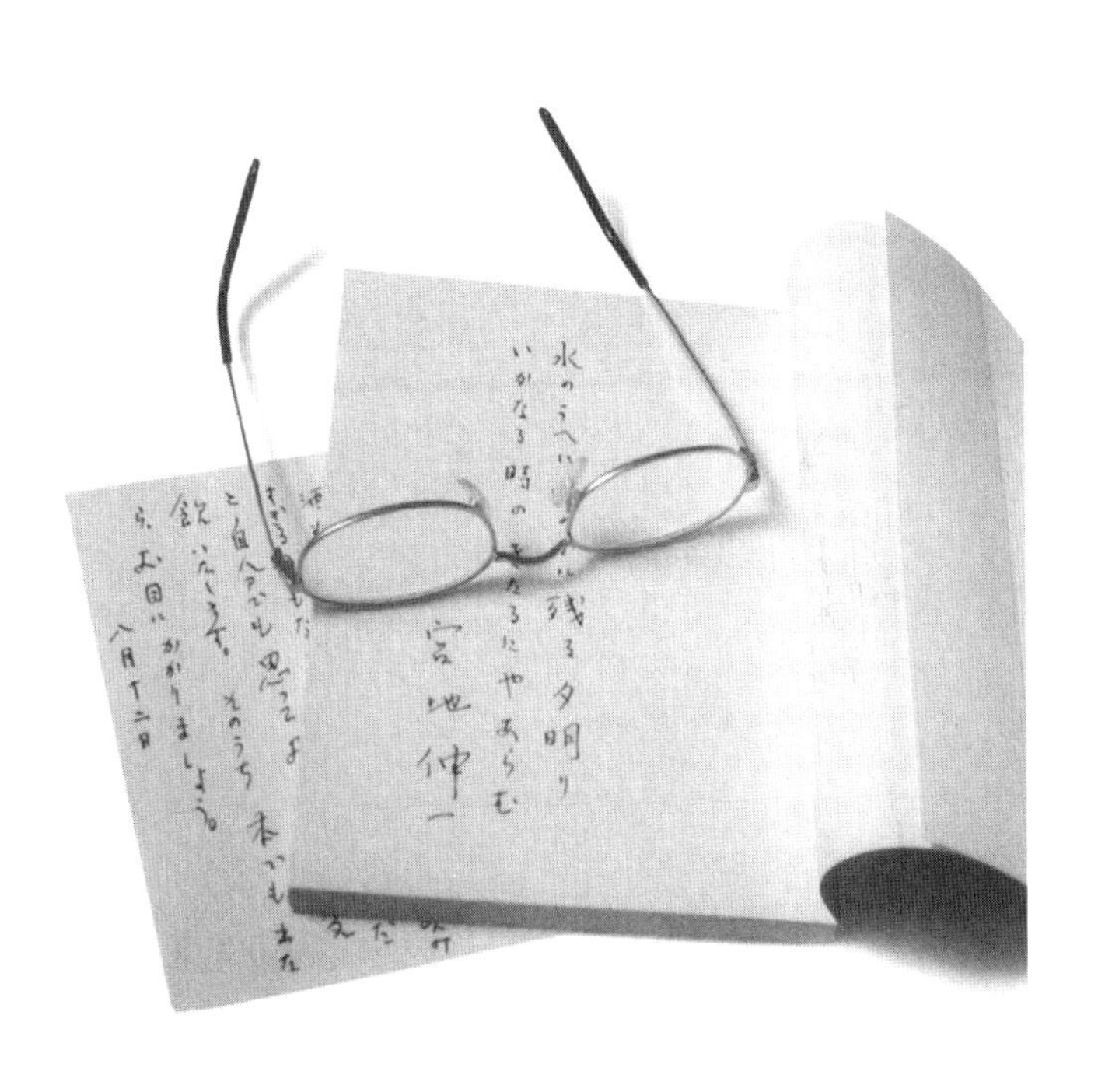
残る夕明り
宮地伸一

⑨この夏の月はとりわけ赤しとぞ子らも言ひあふ今のぼる月

宮地は古い文化を伝える墨堤（隅田川東岸一帯の地）をよく散策し、私も時には同行した。

⑩鼻欠けしレリーフの上の碑文読む生命保険の創始者なりき

⑪幼稚園の階段のわきの木蔭暗くひつそりと立つ橘守部の墓

こうした場所にある碑文は殆ど漢文なので、私にとっては学生時代に書誌学や江戸の人物志をたたき込まれた森銑三先生の教えが、威力を発揮したようだ。

⑩で詠まれた人物は成島柳北のことであろう。⑪の橘守部は江戸期の国学者、独学で一家を成し、特に上代文学の名著を刊行し、伊勢の本居宣長の学統に対抗した。

この辺り一帯について、近年に至り出版された、半藤一利氏の『隅田川の向う側』が好著。半藤氏は私と同じ都立墨田川高校（当時は府立七中）で学んだ先輩。文庫本にもなっているので一読されたい。

44　土屋文明を詠んだ歌——昭和四十八～四十九年

宮地の作品には、しばしば斎藤茂吉や土屋文明を詠んだ歌が残されている。「歌の歌を詠むな」という先人の言葉もあるが、宮地の場合、特に文明のその時々の言動の機微を捉えた作品が多いので今となっては、貴重な作品と言ってよい。

昭和四十七年（一九七二年）に宮地はアララギの選者となっているので、先進作品の合評その他の会合で、文明と直接やりとりする場面も多くなった。戦後アララギの屋台骨を支えた師でもあった五味保義は、病気のために、信州の温泉地などで、衰えた体の機能を回復させるための長期のリハビリに時を過した。

アララギの東京歌会へは月々、老齢になったとは言え、土屋文明が相変らず健在で、自在な歌評を続けていたが、宮地はその補佐役として重要な働きをしていた。

①　紫草とふ日本語はなしとけふの歌会に語気強くして言ひたまひたり　（昭48）

②　万葉集も捨てて国のためつくさむと書かしし軍事郵便残りぬ

①の内容はアララギ会員の多くが知る有名な一首。この歌会には私も居た記憶がある。「ムラサキ」という植物はあるが「ムラサキグサ」という植物は存在しないと言って文明は怒ったのだ。

他にも文明が怒った例をあげておくと、例えば「侘助」という語。「スケ」などという下品な語感を持つ言葉を何故わざわざ使うのか。「椿」と言えばよいのだと叱った。

「月下美人」も槍玉によくあがった。その尊大な名称を嫌ったのだ。

この花は吉田正俊氏が好んで歌にしているので、そんな時は、私は選者席の吉田氏の顔をそっと見上げていた。

昭和四十九年五月に行われた下関の山形吉蔵追悼歌会に宮地は土屋文明と同行した。その折の三首がある。

③海にかかる新しき橋に連なる灯こよひは楽し君をかこみて
④賑はへる朝市に買ふ串に刺して焼きたる魚はまだあたたかし
⑤溢るるばかり大き小さき烏賊を並べ土のうへにはうづくまる鱧（はも） （昭49）

ごく少数の仲間と西下したこの行が余程印象に残ったものと見え、宮地は下関の旅を度々語っていた。その時のエピソード一つ。

下関のレストランで、文明は同行者数人にステーキをおごった。その中の一人、岡田真（『万葉集私注』への史料提供者）がステーキを持て余しているのを見た文明が、その分も含めて、二枚のステーキをぺろりと平らげたという。

この逞ましい食欲や意欲が、後年の百歳に至るまで現役歌人として活躍した土屋文明を象徴しているといえようか。

多分、すぐ後で、文明は愛用のジャスターゼ（消化薬）を服んだに違いないが。

その年の六月十一日、文明は愛息、長男の夏実（五十一歳）を失う。その五日後、彼は夏実氏の葬儀を終えた足で、東京歌会に出席した。その時の文明の様子を宮地は次のように詠んでいる。

⑥み葬り終へ直ちに来ましこの会に常なる声に批評したまふ
⑦いのちあるは悲しまむためと詠みましを思ひ悲しみ君の辺にをり
⑧父君の講義をひたすら聴きいましき或る年の若き姿忘れず

ここには、文明という人間の大きさや肉親の情愛が描かれ、⑧のように生前の夏実氏の、父たる文明に対する尊敬の念も伝えられ、作者の作歌能力の高さが偲ばれる。

45　旺盛な知的好奇心——昭和四十九年の歌

宮地という歌人は生涯に渉って知的探求心が強く、特に細かな文献への目配りとその蒐集、歌語などの用例の博捜などは日常的に行っていた。

その片鱗が昭和四十九年の作品にも見られる。

①思ひつつ知らせ怠りき新しき全集にも載らぬ鷗外の句一つ
②古書にほふ人混みのなかにかかへ持つ吉田漱と顔合はせたり
③茂吉の歌の索引ひきつつ辞書になき語を見出だすは最も楽し
④「ツミなき人の惨死が実に身にしむ」と日露戦の年の左千夫の手紙
⑤写真に合はせ一つ一つ左千夫の書簡読む誤り多き文字も親しく

ざっとこの年の作品の前半から引いても、かくの如くである。

世にブック・ハンターという言葉があるが、宮地の場合は、本になる前の片々たる文章などに注意を向けて、その文献の微細な存在から新しい発見をすることが多かった。①なども端的な例。

こうした人間にとってハンターの狩り場にも似た場所が古本屋や古書の即売会の会場だった。神田の古書会館はその最大の場であった。

②の作はその好例。作中の吉田漱は未来の創立同人だが、元々はアララギの歌人。その人と古書会館で鉢合せしたのだ。吉田氏は江戸時代からの古書肆「吉田屋」の直系の人。古書の中で育ったような人だから、こうした場の常連であったろう。

彼は海外の登山地図（当時は日本では作られなかった多色刷の美しい、しかも正確なもの）をひそかに蒐集していた。その晩年、私もかなり沢山のヒマラヤ地図を探し出すのを手伝った。しかし、途半ばで亡くなったのは残念。あのコレクションはどうなったか。

もう少しこの話を続けよう。私もずい分この会場へ通っていて、時々宮地と顔を合せ、帰りにランチョン（ビア・ホール）の二階で、当日の獲物を見せ合ったりしたものである。ある時、子規の追悼号を含む明治三十年代の「ホトトギス」の合冊が出て、何人かの抽選となり、籤運の弱い私が当ってしまった。外れた宮地が残念がったのは言うまでもない。

この合冊はしばらく宮地の書斎に置かれていたが、これだけは返してもらった。私の中学、高校時代の歌のノートが、彼の書斎の本の山の中に有るのはずだが、今となってはもう探しようがない。

④と⑤は左千夫関連の作。⑤に左千夫書簡の写真を読む歌があるが、これは多分、戦後出た左千夫の全集（岩波書店刊）の編集に協力していたことを示していよう。そう思わせるのは、次のような作品があるからだ。

⑥殿台と言へば台地かと思ひ来ぬひろびろとして青田つらなる
⑦往復の電車の中の数時間語りつきず左千夫尊ぶ二人

この二首には「成東記念館、山本英吉氏に同行」と詞書が付いている。山本氏は長く中央公論社の重役だったが、この頃は引退していたと思う。学生（早大）時代からの左千夫の研究家。戦後の全集は山本英吉を中心として編集された。

山本氏と言えば、私にも思い出がある。大学を出る時に、中央公論社へ就職の件で訪れた時に面接してくれたのが、当時の常務取締役の山本氏であった。持参した土屋文明の名刺のおかげもあったが。深沢七郎のスッテンコロコロ事件により社運が傾き、就職試験は当分行わないという話だった。

46　佐田雅志を歌う――昭和四十九年の歌

佐田雅志は、歌手「さだまさし」の本名。私より一廻り以上歳下の、中川中学の後輩。われわれは共に宮地から三年間、「国語」を習った。

昭和四十九年末尾の作品に「佐田雅志を」と題する四首が載っている。

私はその年には三十六歳になっていたから、佐田は二十歳くらいの新進歌手だった。次のような歌だ。

①髪伸ばしてひたすら歌ふ君を見る消息なかりし幾年かの後に

②ステージに光浴びつつ立つ見れば少年の幼さもいまだ残せり

③心こめて歌ふを聞きつつその母のかつて歎きし言葉思ひ出づ

今は恰幅のいい小父さんになった佐田の、若い頃の長髪の姿と高い声が彷彿とするではないか。

ここしばらく、歌手さだまさしを詠んだ作品が新アララギ誌上に現われた。ある番組で、佐田がネットを検索して、宮地の「全歌集」を入手して大喜びしていたことを伝えている作品であった。

佐田は中学生時代はかなり、悪戯好きの少年でテスト近くなると、しばしば奇抜な質問をして授業の進行を遅らせていたそうだ。これは宮地の直話。彼の母堂もそんな悪戯好きの少年に手を焼いていたのであろう。

この年、宮地は念願だった近江番場の蓮華寺を訪れている。誰でも知っているように、茂吉、文明がそれぞれの旅の折に名歌を残している。特に茂吉は、少年時代に故郷の山形で教えられた窿応(りゅうおう)和尚が晩年を過した、この寺を四度も訪れている。

その茂吉の最も有名な歌は次の一首。

・松かぜのおと聞くときはいにしへの聖(ひじり)のごとくわれは寂(さび)しむ　（昭5）

この歌の大きな自筆歌碑が本堂の脇にある。もっと印象的で凄味のあるのが次の「石亀」の歌。

・石亀の生める卵をくちなはが待ちわびながら呑むとこそ聞け

歴史上この寺の存在が有名になったのは、南北朝時代に、北朝の光厳(こうごん)天皇を奉じた北条仲時の一族郎党四百三十余名が、追いつめられて、この寺で自刃したことで知られる。そのことについては、土屋文明の秀歌が残っている。

・北条(ほうでう)の軍(ぐん)といふともはばまれて亡(ほろ)ぶる時はこの山の陰(かげ)　（昭23作、『自流泉』所収）

宮地の作品もまた歴史詠である。

④ところどころ振れる仮名あり仲時に従ひ死にし名を連ねたり

⑤過去帳に幼き名をば記す三人みづから腹を切りしや否や

⑥山あひの狭きに寄りそふ墓のうへ永久の一日の夕かげが差す

⑤の歌に、幼い三人が自分で腹を切れたものか、と心配しているが、その心配は無用。こうした場合には老練な武士が必ずいて、介添えをしたものである。

寺に残された「過去帳」にはそれぞれの姓名と年齢が記されている。こうした貴重な記録は、偶然の如く、世に伝えられるものである。

例えば、戊申の役で灰燼に帰したわが会津にも『会津藩戦死者人名録』を著わし、明治期に執念を以って、戦死者らの姓名と年齢、死に場所を追跡調査した人がいる。城内に入れず、家老屋敷や有力武士の邸内に集結して、十人、二十人と自決した人々（多くは女性と子供）の名と年齢も記されている。

そして、その集団の中には、必ず六十～七十歳くらいの老武士が加わっている。人々の最期に立ち合い、介添えを役目としたのである。

47 運命の年、妻発病す——昭和五十一年

この頃、宮地は五十代の半ば。四人の子供を得て（男二人、女二人）、妻の康子と共に、アララギ選者として多忙ながら、生涯で最も幸福な時期を過していた。

しかし、何たる不運か。この年の春に妻康子は癌を発症し、七ヶ月余りの闘病生活ののち、四十五歳の若さで亡くなった。肝臓癌であった。そして、この年の宮地作品は、命が細って行く妻の闘病の姿と、それを見つめる悲痛な思い、さらにはその死後に詠んだ悲しみの歌で満たされることとなる。

『宮地の親しかったアララギの先輩（選者）の樋口賢治に、やはり、妻の病いとその死を詠んだ絶唱があるが、その歌集『春の氷』（昭三十五）は一巻すべてが、妻への挽歌である。宮地の作品と共に記憶に残る挽歌の数々がそこに残されている。

この年の始めに、宮地は健康だった妻の姿をこう詠んでいる。

①地下の街光美しきなかを行くわが妻けふは若やぎて見ゆ

②日の当る舗道えらびて妻と行くけふは将門の首塚を見む

③それぞれにこもれる子らの弾き鳴らす音はわがゐる部屋に交錯す

先ずは倖せだった家庭生活の最後の日常が計らずも映しとられている。そして、運命の日がやって来る。「三月六日発病」と題する次の作品。

④灯のもとに妻のひろぐる胸のへを医師(くすし)の後にわれも手に触る

⑤入院の前の夜にしてわがためにシャツをつくろふ妻あはれなり

最終的な結末を知っている読者から見ると、この時期の宮地の作品群は実に哀切、痛々しい。

右の作品から二十三日後に「三月二十九日入院」として、次の二首がある。

⑥わが心しづみゐる時かたはらに春の鳥来て羽ひるがへす

⑦エレベーターのとびらのしまる直前に見し妻の顔いたく痩せたり

康子入院のしばらく後に宮地は第二の故郷とも言い得る諏訪へ行く。この旅へは妻も同行することになっていたが、それは叶えられることはなかった。以前にも述べたように妻の康子は今井周（陸軍少将、クワイ川鉄橋の築造指導者）の子女として下諏訪で生まれ育った人である。宮地はひとり赤彦の墓前へ詣でる。

⑧胸迫りわれは呼ばはむみ墓べより見さくる湖の寂しきひかり

若い頃からしばしば彼は、ここから諏訪湖の光景を見て、湖の反照を詠んでいる。しかし、この時の湖の光はそれ以前とは全く異なったものとして、彼の眼前にあった。

諏訪の集いでは、諏訪中学時代の友人たちや歌仲間が来てくれたが、宮地の思いは病床の妻へ向けられる。

⑨友ら皆帰ればひとり夜の宿に妻をぞ思ふ病めるわが妻

この行の帰途、「切符一枚払い戻しせしかば」と題して次の一首があり、忘れ難い印象を今に伝えている。その歌、

⑩かたはらに坐る婦人は妻ならず「あずさ」の中にわがうつつなし

かつて宮地には「あづさ」と「あずさ」の表記の違いを諧謔的に詠み込んだ歌（これはよく知られている）があったことを想起する。

康子の入院は、七ヶ月余つづくが、宮地は病中の妻の姿をかく伝える。

⑪山へ行く子を気づかひて夜おそく電話かけ来し妻の心よ

私も度々のヒマラヤ行では母親を心配させた。更に次の絶唱がある。

⑫青葉の坂ひとり歩めり妻病めばこの世に楽しきものなくなりぬ

48　妻・康子の入院生活

宮地の妻の康子が発病し、入院生活を送るようになるのは、昭和五十一年の三月のことである。以後この歌集『夏の落葉』には、ひたすら妻の病状や妻のいなくなった家庭の状況が歌はれ、その前年に終結したベトナム戦争など社会的な事象は、アララギの月々の作品では出ていると思うが、仮にあったとしても、この歌集では妻発病後の作品からは取り除かれている。恐らく歌集の編集に際しては、莢雑物として社会詠的な作品は収載しなかったと思われる。

入院してからも時々は康子は帰宅を許されることもあったようだ。入院した病院は、お茶の水の三楽病院、地方公務員の組合が建てた病院なので、多くの教師仲間がここで療養に励んだこともあって、私も友人たちを見舞いによく訪れた所である。快方に向っていた友人の頼みで、近くの喫茶店などで煙草を吸わせたのがバレたりして、看護師さんからこっぴどく叱られたこともあった。

入院してから、しばらくして一時帰宅した折の康子を詠んだ歌。

①家に来て今宵かたはらに妻のあり平凡にしてきはまれる幸　昭51

この作を読むとやはり歌は下の句の出来しだいだと痛感する。「平凡にしてきはまれる幸」と、対比的な表現で幸福感を表明したところが実にいい。

②花の香もいとへる妻かくちなしの花をば外（そと）へ移さしめたり

たしかに「くちなし」の花の香はかなり強い。しかし、その花の香りにさへ湛え切れない程、わが妻はおとろえているのだという思いが言外にあるのだ。

③長く長く痛み臥す妻よ寄りそへばわがにほひさへうとましと言ふ

前の歌と同じよう「匂ひ」をいとう妻。その匂いが夫たる自分の体臭だと言うのであるから、作者としては、やり切れぬ思いがするのだ。

④おのれ励まし夕餉に箸をつけむとす傍にゐて胸迫るなり

⑤疲れしるき夕べといへど四人の子語れば妻の心ゆくらし

現代の短歌では介護、闘病の歌はすでに日常茶飯のこととして世にあふれている。それらを読んでいる感じと宮地のその類いの歌とは、何か異るような感じがする。現代の歌の表現はよりあからさまであり、ある意味では「露骨」であるが、宮地の場合は、特に感情表現は、つつましく、抑制的であり、読み終ると何とも言えぬ沈痛な思いに打たれるのである。今後引く作品にも、通底している特徴である。

⑥夜明けにはこほろぎのこゑ聞ゆとぞ妻の臥しゐるこの五階まで
⑦夕べ来て妻の寝巻をそそぎつつ兵なりし日を思ふもわびし
⑧子らのためあと十年は生きたしと妻のいふとき涙あふれぬ

こうした作品を読むと何かそれぞれが、私小説の一場面のような思いにとらわれる。ある小説家の「病妻物語」などを思い出してしまうのである。

しかし、康子さんの命はあとわずかに数か月しか残されていなかった。

⑨はづかしと言ひ言ひつひに書き示す初めて詠みし妻の歌あはれ

この歌の左脇に小さな文字でその妻の歌が印刷されている。「七十七の姑に四人の子を託し入院生活五箇月となる」がその康子の作。彼女の母三枝は五味保義の妹で土屋文明にその才を愛された大正期のアララギ歌人。歌の血筋は確かに流れていた。そして宮地の絶唱。

⑩手にさげて夕べ行きかふ人のなかにわが妻を見ずあはれわが妻

49　妻・康子死す

前回の文章の末尾で、「手にさげて……わが妻を見ずあはれわが妻」を引き、これを宮地の絶唱と評した。そう断言してやや不安を感じたのは、今の歌壇で宮地の作品がどう評価されているかに、不安なものを感じていたということでもあった。

近年も盛んに刊行されている「○○秀歌」という類いの本には、宮地の歌は余り登場しない。宮地に限らず、戦後アララギの盛期を荷った柴生田稔、吉田正俊、落合京太郎といった昭和短歌史上逸することの出来ない人々の作品がさっぱり出て来ない。この無視のされ方はひどいと思う。

そこで私は、幾冊もの名歌や秀歌鑑賞の本を読みあさった。その結果岡井隆著『現代百人一首』（平八、朝日新聞社）に眼がとまった。宮地の代表歌としてこの歌がとり上げられていたのである。そして、「いわゆる詩的なレトリックはなにひとつないが、この簡素さがこのエコールの歌の特徴なのである」としている。つまり、他の人々がマイナスと見ている点を逆にプラス評価しているのだ。さすがに岡井隆はアララギで育った人だ。言を続け「要領のよい単純化した叙述は、長い訓練の果てにのみ出てくる」とまで断言しているのだ。

この本には他に、吉田正俊、柴生田稔、上田三四二、小暮政次、伊藤保、清水房雄、土屋文明、斎藤茂吉のアララギ歌人が採り上げられている。

現在のその類の本では、百人中に一人か二人出てくるだけだ。

今の歌壇を賑わしてい人々の歌が、前述の先進歌人の存在を駆逐する程のものかどうか、私には極めて疑わしく見える。

さて、病院に妻を訪れた宮地は次のような歌を残している。

①大丈夫よといふ妻のこゑ聞きしかば安らぎて夜の会に出で行く

②手を取りて今宵の別れ告げむとすああ指先にもしくる熱あり

ひとりになった宮地が思わず述懐するような次の歌も心にしみる。

③街路樹の芽ぶく時より通ひ来て黄に枯れ立つを今見つつ行く

④運命にただ湛へよとぞ水の上にしばし輝く夕星の光

水辺の景観を好んで散策し歌にも詠んだ宮地だが、この時の彼の目に入る星の光は、今迄とは全く異る。「運命に」ひたすら堪えよ、とあたかも星が告げているかのように感ぜられたのだ。

⑤耐へ耐へて物言はぬ妻を看護婦がすごく静かな方と批評せり

⑥ベッドの中にしきりに妻の捜すもの指細くなり指輪落としき

⑤の看護婦の言葉をそのまま表現した「すごく静かな方」が、それこそすごく効いている。

切迫した中で、こういう場面を見逃さず、掬いとる所が、岡井隆の言う「長い間の訓練」の賜物なのだ。

夏が終わり、秋に入り、十月になると、さまざま手を尽した治療も功を奏さず、康子夫人に最後の瞬間が訪れようとしていた。

⑦酸素テントの中に聞き取りがたきこゑ命迫れるわが妻の声

そして、ついに十月二十五日、妻康子は息を引きとる。まだ四十五歳という若さであった。その時の宮地の歌。

⑧まざまざと息たゆるさまを見るものか堪へたへて長き苦しみのはて

続いて痛恨の歌が続く。これも絶唱と言うべきだ。

⑨三十分前にはハイと応へしを窓白み来て今はなきがら

⑩汝が髪を撫でつつおもふこの髪の白くなるまで命なかりき

50　妻・康子死後の歌

宮地の妻、康子は昭和五十一年（一九七六）十月二十五日に亡くなった。四十五歳、と言えば人生の半ばではないか。肝臓癌であった。

私には小柄、色白、ふくよかな顔に微笑みを絶やさない人といった印象が強い。亡くなる年の始めに会ったのが四十年前の話になるが、前述の如き康子夫人の面影が今でもはっきり眼前に浮んで来る。

それと十月の末に行われた通夜の様子がありありと浮ぶ。夏ならばすぐ近くの沼（池）から蛙の声が賑やかに聞えてくる家である。その頃の町名は、本田川端町であったろう。私の家は隣町の本田木根川町。あの「さだまさし」が唄った「木根川橋」のある町だ。

その通夜の席に土屋文明や病中の恩師、五味保義などの姿はなかったが、アララギの主要な歌人たちの姿があった。

通夜の席の外れの縁側寄りに何となく座っていると、前の方にいた松原周作さんが、もっと部屋の真中に入るよう手招きしてくれた。多分、当夜の進行役も松原氏が務めたのではなかったか。

その頃の宮地の作品を少し抄出してみる。夫人歿後すぐの作。

①なきがらを移ししあとの寝台にしばし臥しつつ涙あふれぬ

②夫われを今は気づかふこともなし部屋移されて寒き灯のまへ

③Mワクチン、サルノコシカケ、ビシバニールいづれも妻を救ひ得ざりき

③の作には、丸山ワクチンが出てくるが、当時開発されたばかりのこの特効薬を求めて多くの人々が殺到したと、宮地自身の口から聞いたこともある。四十年後の今の医療だったら、ず

い分病いの進行も食い止められたのではなかったか。

④足どりも確かに家を出でしものを息絶え帰るふた月の後に

⑤新しき薬次々に出づと言へど何にかはせむ汝みまかりて

⑥妻亡くてよしと思へるはかなごと一つ二つはなきにしもあらず

④の歌など、宮地宅へ訪問の折にはたびたび夕食を作っいただいたこともある私には何とも切ない歌だ。

また⑥のように、ひたすら悲しみを述べる作の中にあって一種のフモールを湛える作品をそえる所が宮地という人の歌の特徴の一つなのだ。私には何か、作者の泣き笑いをこらえているような顔が浮んでくる。しかし、この作中の「なきにしもあらず」という表現の仕方を私は深く心に留どめ、その後、自作中に応用したこともある。

年が代わって昭和五十二年の年頭の歌。

⑦子ら四人かくすこやかに飯食ふを妻もまもるか心やすらに

この時の宮地の家族は四人の子（男二人、女二人）と宮地の母ニシキと総勢六人のなかなか賑やかな家庭であった。

そして、この子供たちの動きを把らえることは、宮地の作歌の素材として主要なものとなるのである。

⑧九月一日子らを気づかふ心記しそれより絶えき妻の日記は

⑨「生き生きと働く夢を見し後の」下の句記さぬ妻の歌あはれ

月日は少しづつ移ろって行くが妻への思いは却って強くなって行くのだろう。病床にあって懸命に歌を書き残そうとした妻の姿を詠んで哀切な響きを伝えている。

私には河野裕子の最晩年の「……息が足りないこの世の息が」が重ね映しのように脳裏に映し出されるのだ。

51 『夏の落葉』終局に近く――昭和五十二年の歌

この歌集もあと二年分を残すのみとなったが、この頃の宮地の携わっていた、作歌以外の仕事について記しておきたい。

この年宮地は五十七歳の働きざかり。アララギ誌上で「竹乃里歌合評」が始まり、その中心メンバーの一人となり、殆ど毎号執筆した。しばらく前から配本の行われていた『左千夫全集』の編集にも尽力していて綿密な校訂を加えた。それ以前の『赤彦全集』でも厳密な校訂をしていた。

妻康子の没後すぐだったが、アララギ選者として日本各地へ泊りがけで出かけることも多くなった。

この時期にアララギの主要作家たちはどんな歌を詠んでいたか、紹介しておこう。まず御大、土屋文明作。当時八十七歳、死まであと十三年、晩年も旺盛に作歌していた。

○ミミラクは五島三井楽と聞くなれどすでに行くべき我が足ならず　土屋文明

○ひとりなる思ひしきりに動くとき戒しめ行かなわが残年を　柴生田稔

○房なして盛り上る翡翠珠小さしほほばりて食ふ新疆無籽蘇葡萄　落合京太郎

○いつの間に散り尽したる沙羅の木か自からなるはなにもかもよし　吉田正俊

右の三人の作者は昭和初期から文明の新しい生活詠を実作を以って支え、それぞれが独自の歌風を作りあげた秀れた作者たちであった。

皆、文明の死を看取って程なく世を去った。柴生田は平成三年、八十七歳、落合も同じく平成三年八十五歳、吉田は平成五年、九十一歳と皆長く生きた。宮地との年齢差はほぼ一世代ちがうから、それぞれが老境の、しかし、掬すべき味わいの歌を残している。

そこで宮地の作品を引く。やはり、何といっても口をついて歌となるのは亡き妻のことである。

①「悪性ではないと先生に言はれたの」と告げしはみまかる二三日前

②悲哀にも耐性ありと思ひつつ出で行く梅雨のあしたあしたを

③氷あづき食ひたしと言へば夜の街に出でて求めき二日まへなりき

④生れ変つて来なければダメねとほほゑて言ひし思ほゆ一年すぎぬ

これらは発表時から覚えているが、夫人のその時々の言葉を把らえつつ、その時の宮地の心境も伝えた佳品であろう。私は特に②の「悲哀にも耐性あり」と表現した一首が忘れ難い。残された子供たちを詠んだ作では次のような歌が目をひく。

⑤大学へ行く子の食事のあとに来るは中学生小学生高校生の順

十人兄弟だった私の家だと、茶の間の食事風景はこの倍くらいのスケールになるのだが。

⑥子ら二人ギターをひくはすさまじき音にしあれど父は堪へゐる

家にあって選歌に、合評その他さまざまの文章を書かねばならぬ夜の一コマ。母親を失ったばかりの子供を思えば、注意することも出来ない。宮地は実際に耐える人でもあったのだ。そばにいることの多かった私には、そこが歯がゆいと思うこともしばしばあった。

その中にあっていかにも宮地らしさを伝える歌二首を引く。

⑦寝ころびてゐるわがめぐりおのづから親しきうとき辞書の数々

⑧堺枯川をとらへて左千夫が論争せしさまを伝ふる数行の記事

人の気付かぬことを機敏に歌にする宮地の得意技だ。

52 『夏の落葉』の掉尾――昭和五十三年の歌

『夏の落葉』のさいごの作に移る前に、その前年の末の妻を偲ぶ秀作を数首補っておきたい。

①末娘の喪服のなきを言ひ出でて汝は泣きしか命のきはに　昭52

②黄に染まりし乳房にしるく静脈の浮き出でゐしを思ふも悲し

③秋茄子を食はせむ人もなしといふ母のつぶやき朝のくりやに

これらの作の前年の十月に妻康子は亡くなっているから、ほぼ一年のちの作となるが、妻への思い出は、益々しるく宮地の胸に去来する。

そして年改って昭和五十三年、残された子供たちをこんなふうに詠む。

④入れ替り部屋に来りて請求すヘヤトニック代受験料ブーツを買ふ金

⑤ギターケースを抱きつつ汝は百人一首暗記せしむる教師を非難す

断片的な作ではあるが、宮地の微苦笑が見えるようではないか。

私が中学生だった頃、百人一首ばかりではなく、古今の名歌を宮地はよく暗唱させたものだ。私もそれにならって、高校生へのテストに「名歌一首をあげて○○字以内で感想文を書け」というような問題を出したこともしばしばある。

しかし、次のような子供の申し出は、喜んで応ずる父親の一面も宮地は発揮していた。

⑥地下街の店に入り来ぬ智恵子抄読みたしといふわが子を連れて

この歌に出てくる「子」は多分、末娘で、すでに思春期のさなかの中学生であったろう。アララギの中心作家の一人として、又、ようやく繁くなる歌壇、綜合誌への執筆活動のさなかで、短歌作品として歌われるのは、常に妻のことだ。

この年の春、宮地は妻の故郷で、自身も中学生（旧制諏訪中学）として五年間過した諏訪の町を訪れている。妻の実家の今井家や五味家のゆかりの人々と会い、それぞれの墓処、さらに赤彦の墓から、かつて妻と共に眺めた諏訪湖をひとり見下したことであろう。

⑦幼かりし妻の写真をとりどりにながめ寂しむこの古き家に

⑧この家より夕日輝く諏訪の湖をふたりまもりきいつの年なりし

本来ならば、この小湯の上の五味家から眼下に諏訪湖を眺めた筈の妻は亡く、アララギ人となった頃からの同行の師でもあった五味保義は存命ではあるが、昭和四十一年に発病して以来、病床にあり、数年後には死を迎えようとしていた。

⑨あかつきのまどろみにして我に来し妻よふつくらと病む前の妻

⑩死後のこと言はむとしつつ言はざりし心おもへばただあはれなり

先に五味保義について少し触れたが、この頃のアララギの指導層は、五味の死（昭五十七）につづき、樋口賢治（昭五十八）を失い、アララギ系の有力歌人、高安国世（昭五十九）、佐藤佐太郎（昭六十二）も世を去る。更に、平成に入ってすぐに、百歳の現役歌人として、アララギのシンボルを体現していた土屋文明が亡くなる。そして、戦後のアララギの屋台骨を支え続けて来た、落合京太郎（平三）、柴生田稔（平三）、吉田正俊（平五）が相次いで世を去った。アララギ晩期を荷うのは極言すれば、清水房雄と宮地伸一の双肩にかかっていたとも言えるのである。

新しい時代へ移る直前に歌集『夏の落葉』は次の二首を以って終わる。

⑪ひとりひとりにあき足らぬ心持つといへど子らすこやかに年暮れむとす

⑫おのもおのも遊ぶせきれい相呼びて集ふ時ありみぎはの石に

Ⅳ　『潮差す川』（第三歌集）の時代

53　第三歌集『潮差す川』の時代――昭和五十四年

この歌集は昭和六十二年に現代短歌全集の一冊として、短歌新聞社から刊行された。昭和五十四年から五十九年までの作品を以って構成され、かなり厳選された作品集である。この作品集までが宮地の長い短歌、アララギ人生の前半の歌業と言えよう。後半の主として「平成」年代になると、求められるままに、多作した時代となるので歌の内容も歌いぶりも清濁併せたものに変貌する。

この連載はあと十回ほど続け、この昭和の時代でひと区切りして、合計六十数回分の文章を『宮地伸一の秀歌』昭和篇として上梓するつもりである。

さて、第三歌集『潮差す川』の帯文では、この時期の作者の歌業について次の如く要約されている。

「正統派写実の着実さに加え、人間をうたい、広く社会を捉える眼光は鋭く迫力に満ちている」。

簡にして要を得た紹介である。そうした前提でこの歌集を繙いて行くのもよいであろう。

開巻の歌はやはり、妻を偲ぶ歌。

①妻を憂へこの坂を上り行きしかな青葉はそよぐ春の曇に

②この母に感謝して妻のみまかりしことを思へば心やすまる

一首目は、かつて妻の入院していた病院近くの坂だから、神田駿河台の古書街の方（谷の底の如き部分）から、ＪＲお茶の水駅の方へ上って行く坂だ。途中左手に「万葉集」合評などを行った明大大学院（その中に柴生田稔の研究室があった）がある。

次いで子供たちを歌った作が目を引く。

③鞄のなかに文庫本常にひそめおく少女となりしは我の喜び

④遅刻することにも慣れて出で行くか一年のんきに浪人の後

③には本の虫であった宮地の純な喜びがあり、④には、彼のもう一つの鋭い眼が捉えた子の姿がある。「浪人」とあるから長男はすでに二十歳近い青年に達していた。作者宮地は五十九歳であり、定年の時が迫っていた。

⑤居らざればのぞく彼(かれ)の部屋言ふべからぬこの乱雑は父も及ばず

右のように我が子の部屋の乱雑ぶりを嘆く宮地だが、八十歳すぎてからの彼の書斎（その他の部屋も）の乱雑さは右の歌のはるか上を行く。本を捨てられぬ人、宮地は殆んど、本に押しつぶされそうな生活をしていた。

文献探索者の宮地は古代史の発掘現場に立つことも好む。

⑥あへぎあへぎ茶畑のなかを登り行く白きテープの導くままに

⑦風吹けば揺れだつ青きテントのなか木炭積める墓壙あらはに
⑧癸亥年七月六日卒之の下よはひ記さぬことを惜しめり
「太安万侶の墓」と題する一連から引いた。それぞれの作に宮地らしい鋭く働く眼を感じさせる。明日香その他の吟行の際、参照すべき作品群。

今回さいごに紹介するのは次の三首。「茅場町三ノ十八」の一連より。
⑨茅場町三ノ十八は此処なるか駅前の広き自転車置場
⑩「感動を越えし変化」と詠みましき十七年過ぎなほ変化しやまず
⑪文学に師弟はないと言ひたまひこの石に門人としるすみ心
右の地名、番地の意味するところを知らない人は、近、現代短歌史をおさらいし、土屋文明の戦後の大作を読み直すべし。

土屋文明は中学を卒えて上京、伊藤左千夫の牧舎で働いた。その左千夫の住所だ。ＪＲ錦糸町駅前、バスのターミナル。その一角に文明が筆を執った左千夫歌碑が建っている。宮地の歌の中にも出てくる「十七年」前に、文明が「これは私は一生忘れない、死んでも忘れない」と語った言葉が今でも私の耳に残っている。

54　華麗なる銀河

昭和五十四年の後半の歌は、掲題の下に十四首まとめて並んでいるが、これがなかなか良い作品が多いのである。

第一、この銀河は作者が直接見たものではなく、長男の良平が、槍ヶ岳へ登山して、そこで眺めた銀河なのである。

①槍が岳肩の小屋よりの汝が電話華麗なる銀河の下に寝るとぞ

高所、槍ヶ岳の肩の小屋から数百キロ東へ離れた葛飾へ大学生の息子から電話がかかって来た。槍ヶ岳では今すごい銀河が見えるよと息子は、山好きの親父へ話しているのだ。多分、その山行の費用も、父たる宮地が渋い顔をして与えたに違いない。時空の広がりの中で行われた親了交歓の図。

②登山して信濃より帰り来し夜半はギターを弾きてはばかることなし

これは一転して、葛飾の家での場面。一寸皮肉っぽい作。宮地の批評眼が働いている作だ。

③あざやかに今宵昴も輝けりかうもり飛びかふ水の上の空

この時の中川に近い、池や沼の多かった本田川端町の宮地の家を思い出す。昴を点描する所に天体観察者、宮地の面目が発揮されている。

④うひうひしく出でし蒲の穂つつきやめぬ鳥あり緑の羽をひろげて

「蒲」という水辺の植物も宮地のこの頃の歌によく登場する。そして、時代と共に、蒲も蝙蝠も、池や沼も無くなってしまうのだ。

⑤病む雁の歌を詠ましし このあたり団地つらなる川をはさみて

しばらく前に、ここに出てくる「病む雁」の舞台は何処かと東京の歌会で質問したら、知っている人はいなかった。かつてなら、茂吉の「病雁」の歌は、葛飾の中川、やや蛇行している「奥戸」(正確には、もう少し先きの「細田」)での作と答える人が多かった筈だ。アララギの歌会にして、かくの如し。時代は変って行く。

⑥わが家の大学生二人ねそべりておのおの手にせるは漫画本なり

例によって宮地の家庭詠は、やや皮肉の針が隠されている。これも又、宮地の短歌の世界を形成する特徴なのだ。しかし、毒は含んでいない。

次に注目すべき一首をとり上げる。

⑦病む妻にたまひし菓子をまた賜ふ思ひ出すことなかれと言ひて

「菓子」を二度も呉れた人は本村勝夫氏(近代文学、短歌史研究家)。宮地の前歌集『夏の落葉』の病妻詠を読んで、いたく感動した本村氏は、しばしば手紙で宮地を励ましている。

実は、この『潮差す川』が上梓された折の諸家からの礼状がファイルされて、私の手許にある。その中に本村氏の葉書二枚があるが、細字で各十八行にびっしり書かれた貴重なもの。一枚目のハガキ（昭六十二・三・二十六付）の冒頭に「突然甘薯など届いてさぞ面くらっておられるかと存じます」と始まる。それはこの歌集の中に次の一首があるのに感銘してのことだった。

⑧甘薯さへ着色せりと驚きて母の言ふこゑ寒き厨に

この一首をみて、どうしても「一度口にしていただきたい」という気持になったのだと言う。なお、本村氏はこの歌集中の感銘歌に鉛筆で印を付けて読んでいたら実に一〇六首に及んだと記している。この文章は宮地作品の秀れた点に具体的に言及していて貴重なハガキである。本村氏は感動を受けた歌を色々と引いているうちに、その感想を自作の短歌にしている。その一首を引いておこう。

・あはれなる歌を思ひて君が集しづかにとぢぬ明日また読まむ　　本村勝夫

又、ある短歌辞典での宮地と清水房雄の文章をほめ、他は学者ふうの顔をして文章にならぬ者多しと酷評した。

55　妻亡き後の四年、昭和五十五年の歌

①年越しの夜を睦めるうからのなか汝の声せぬも四年目となる

②青物の値の高きこと嘆かへば老母と我の心は通ふ

この年の始めの宮地の歌。楽しい筈の年越しの夜にすでに妻はいないのだという欠落感に襲われる。しばしば宮地が詠む場面である。

②かつてはよく反目し合う母と子だったが、妻を失った後の家を守ってくれるのは、彼の母「にしき」である。この年恐らく八十歳を越えていた筈である。

③川の上を這ひゆく霧はおのづから支流にも入る二分れして

④蛙の声はおほかた知れど天の川見し者はなしこの教室に

約四十年前の葛飾の自然を伝えている。この地の中学生は蛙の声は、「おほかた知れど」というくらいは、自然と生活は一体化していた。それは季節感を感得するよすがでもあったろう。今ではこの季節の蛙の合唱など実際に知る学生、いや大人も少ないことだろう。

次に宮地の日常の生活の一コマを詠んだ作を味わおうか。

⑤いそいそと天火にこねて焼きしもの失敗よと言ひ父に食はせず

⑥予感持ちて索引ひくは心楽し国歌大観も茂吉歌集も

⑤のようにいささか皮肉っぽい、娘への視線も宮地の宮地らしさを伝える作だが、⑥のような、用例探しを好んで日常生活の中で行っていた姿を私はずい分しばしば眺めもし、高校生の頃は、積極的に手伝ったものである。後年の『歌言葉雑記』などに収められた諸文の歌言葉の

用語用例の集積は、この日常の努力の積み重ねである。

「歌言葉」に関わる語法の誤まりなどを明快に教えてくれる本なので、小題だけでは何が書いてあるか判らない場合もあり、私は見出しを作り変えて日常的に愛用している。時に近代短歌史上（現代歌人の例も多いが）の歌人たちの誤用にも話が及ぶあたり、実に面白い本なのである。

次に本歌集の題名となった章、「潮差す川」より、印象的な作品をあげよう。川の自然ばかりでなく、この川のほとりで生活する宮地の生活詠でもある。

⑦葦原も潮差す川も夕映す行々子のこゑ高まるときに
⑧大学生二人の学費を振り込みし通帳手に取り見るはいまいまし

⑦は宮地本来の叙情的な自然詠。今はこうした葦原（例えば荒川などの）は埋め立てられ、野球場やゴルフ場になってしまったが、かつては広大な葦原で、その中の水路は夏の子供らの遊び場だった。行々子（よしきり）の声、初夏の葦原を渡る川風の音など忘れ難いものである。そして⑧の宮地調。勤続年数の多かった宮地は職場では高給取りであったろうが、育ち盛りの子供たち（皆成人した）への学費その他の出費もひと通りのものではなかった筈。それ故、通帳は「見るにいまいまし」ということになる。

⑨日本を恋ひ日々読みつぎし万葉集捨てよと言はれ惜しみ捨てにき

⑩思ひ切つて買ひ来しものをわが子らはにほふパパイアを食はむともせず

兵士として南方の島で過した経験から生まれた作品。

帰国に際して、さまざまな本や文書の類いはトラブルの基となるので捨てよというお達しが出たのであろう。戦地でのわずかな慰めであった「万葉集」も捨てて帰国する船に乗ったのであろう。

⑩は平和な時代の日本の元兵士であった父と、戦争を知らない、わが子らとのギャップを示す歌。私などパパイアもマンゴーも旨いものなのにと思うのだが。

56　選歌かかえて東奔西走

今回は昭和五十五～五十六年にかけての宮地作品をとり上げよう。

この頃の宮地は清水房雄と並び、選者となって八年ほど経ているので、丁度脂ののり切った働き盛り。選歌稿を詰め込んだ鞄をかかえて、各地で行われる大小の歌会へ出向くことも多かった。彼自身、次のような歌を残している。

①はちきれむばかりにふくるるわが鞄歌稿答案いづれをば見む　昭55

この頃のアララギの指導者は健在であった。次にそれぞれの残年を書き出しておこう。

土屋文明（十一年）、五味保義（二年）、吉田正俊（十四年）、落合京太郎（十二年）、柴生田稔

（一二年）、小暮政次（二十二年）、樋口賢治（三年）といった具合で、戦後の最盛期の少しあとの、最後の栄光の時代とも言ってよい時期を迎えていた。宮地、清水は、その実質的な活動の中心にあったと見てよい。

宮地の長男の良平君は、なかなかの山好きで、冬山にも登る登山愛好家になっていたのは、宮地の身辺近くに、私の如きヒマラヤニストが居たのが、大分刺激になったかも知れない。

昭和五十六年冒頭の歌は良平君の冬山行を詠んだものだ。

②冬山の遭難幾つも伝ふる声聞きてかまはず汝の出で行く　昭56

③「奥白根かの世の雪を輝かす」けふの元日に汝が立たむ山

④ほこりかに汝は告ぐ元日の山頂に星消えし後のオレンジ色の空

もともと宮地は山歩きを好んだ歌よみ。日常の生活では意見の対立する親子だったろうが、山の話となれば、心の通い合う父と子であった。

③に引用されたのは川端茅舎の名句。しかし、この場合の奥白根は、日光の奥白根山（二五七八米）ではない。甲斐の白峰三山の主峰の北岳（三一九二米）を言う。茅舎はこの句を詠んだ時に他の甲斐の山々を吟じている。良平君の登ったのは、正月の日光白根である。関東から上信越地方にかけての最高峰で浅間山より高い立派な山だ。

真冬の積雪を冒しての登山だから、夏山とは、その厳しさに於いて雲泥の相違がある。良平君はすでに登山愛好家の域を越えて、立派な登山者となっている。その故に父たる宮地の心配もひと通りのものでないのだ。

⑤木根川橋あさあさを行く川上の新四ツ木橋に心ひかれて

⑥ひたひたとデルタ地帯をのぼりくる夕潮の川二つ渡りぬ

⑦木下川(きね)より木根川へ橋を渡り来ぬ放水路成りて分れたりとぞ

かつての葛飾区居住者だった私には最も親しい地名や橋の名がテーマの作品。

荒川の下流から上手に向ってまず、木根川橋（当時は木造）があり、その百メートルほど上流に京成電車の鉄橋がかかっていて、その東西の橋詰めに八広駅（当時は荒川駅）と四ツ木駅がある。さらに上流四百メートルの所に近代的なコンクリートの大きな四ツ木橋がある。この橋上は水戸街道の広い通りで交通の激しさで知られる。当時さいごに出来たのが、その手前の新四ツ木橋で西へ渡ると曳舟通りとなる。

川の東岸には古くから堀切菖蒲園や吉野園があり、左千夫、節、茂吉、文明らの若い頃の足跡があることで知られる。

文明の戦前の歌集『六月風』には「木下川梅園跡」の連作があり、この一連で自分は、ある達成感を得たと話されたことがある。歌集のあとがきにも出ていると思う。

アララギの歌会で、私は文明さんから、君の住んでいる木根川は元々は、木下川だったのが、荒川が拓かれた時に東半分が分かれ木根川町になったのだよと言われた。

その後、ヒマラヤ通いで休詠久しかった私を、しばしば、木根川の男はどうしているかと宮地へ聞かれていた由。なお、さだまさし（本名は佐田雅志）のヒット曲「木根川橋」は、もちろんここがその舞台となった。佐田も私も同じ中学校で宮地に国語を学んだ。ひと回り以上歳はちがうが。

その歌の「先生、俺達の木造校舎、すっかりなくなっちまったんですねェ」の先生は宮地のことである。

57　宮地は葛飾に根をおろした歌詠みだ

戦後、南方戦線から帰還した宮地は、葛飾の新制中学に職を得て、その後、定年まで務め上げた。そしてその後もアララギ更に新アララギの選者をしつつ、同地に住み続け、社会の変遷を映し続ける水辺の風景を詠んだ。中川や荒川といった東京下町の庶民生活の横溢した地域を流れる川辺の風景を愛惜する作品が多い所以である。

①赤き月を今映したる曳舟川断片となりここに残りぬ　（昭56）

この頃の曳舟川はほとんど暗渠になっていたので、ほんのわずかな所に本来の川が姿を現していたのだ。私が高校生だった頃は、未だ溝川（水は汚れていた）。昔は人力で舟を曳き、川の名となった。京都の高瀬川みたいなもの。だがあちらの川は清流だ。

②ビルの間のけふの夕映はあらはにも姿変へたる武甲山を見す

武甲山は関東の（秩父の）名山だが、惜しむらくは石灰岩の掘削で、山容が変わってしまった。夕映の中にその姿を指摘する所が、山好きの歌人の面目を示す。

③放水路越えしばかりにわが住める町と異なる水の味はひ

放水路を「越えし」というのだから、墨田区辺りか、もっと都心の水を飲んだのだろうか。葛飾の地元、金町浄水場の水をわれわれは日々飲んだのだが、東京の西の方の水は山に近い所から引いてくるので、味がよいと、一応受けとっておくが、或いは正反対のことを言っているかも知れない。今、私は杉並区に住んでいるが、毎月一度は行く会津の水とは雲泥の違いがある。中近東やアフリカに住む人々に較べれば、飲むべき水があるだけで倖せだが。

④見るかぎり鴨たむろせる川のなか鷗はぽつんと渚を歩く

水辺の水鳥を把えた。何だか一羽だけ寂しげに水辺を歩く鳥に宮地は自分の姿を重ねたかも知れない。

⑤爆音をつらねて走る列に出会ふわが関はりし者もをるべし

教師生活の体験から生まれた歌。この頃、けたたましい爆音を上げて、夜間走行するグループが横行して社会問題となったが、そうした少年との対応を苦く思う作者だ。

⑥ポケットより計算機を出し指打つさま教師の世界もいたく変りぬ

その後の、パソコンの世界に、世は一変した。それを考えれば、この作品など世の変容する姿の予兆とも言える作だ。

⑦すさまじく氷渦巻きをりといふ土星の輪をば思ひ寝むとす

大体好きは、この作者の意外な一面を世に伝えているとも言えよう。はるかなるもの、純粋なるものに憧がれるというのも、この作者の好もしい一面であり、これ迄も、しばしば「星」を詠んだ作品にも言及して来た。

⑧引くを好まぬ辞書といへども止むを得ず懐中電灯持ちて立ち行く

私が中学、高校生ごろ、この作者の家で、しきりに辞書を引いて「歌言葉」の用例を探すのを手伝ったものだが、それから数十年して、ようやく、そうした作業に倦むようになったか。書斎の姿も昔とは一変し、決して居心地よいものではなくなったことが「懐中電灯」云々という辺りに暗示されている。

それに家では誰一人、こうした作業を手助けする者もいなくなってしまった。皆が生きるにせわしい時代となったのだ。

⑨妻あらば心つくさむ嫁ぐ日の近づくものを茫茫とゐる

娘が嫁ぐというのに、妻を早く亡くした宮地はただ茫然としてその日が近づくのを待つのみ。

妻を失った男の悲哀。

⑩朝々の予報を見つつ心引くはあらたに汝が住む仙台の気温

娘は仙台へ嫁いで行った。毎日の天気予報を見るにつけ、嫁いで行った先きの仙台の天気が気になる。宮地といえど、世の常の親だ。もう一首つけ加えよう。

⑪今となり心に沁みぬ姓を変へて初めて寄こしし娘の手紙

娘は伊達家に縁のある人に嫁ぎその姓となったのだ。

58　五味保義夫人の死——昭和五十六、七年の歌より

①空わたり来ます亡きがらをただに待つ夜となり気温のゆるむ羽田に

②涙ぬぐひていまし姿忘れめや父葬る日も妻のその日も

③心疲れとげとげしくなる夫君をも理解して長く従ひましき

昭和五十六年に五味和子夫人は夫の保義氏（戦争直後から昭和四十年代までのアララギ発行人）を残して永眠。病気で長く療養生活を続けていた夫君を気にかけ、さぞ心残りのことだったと思う。

学生時代からこの夫妻に就職のことまでお世話になった私としても実につらく悲しい思い出が伴う。そして、晩年の温顔（何か寂しげでもあった）がしきりに眼前に浮かぶ。

①は和子夫人は確か金沢大学教授だった長男、保男の許に身を寄せていたので、空路その遺体が羽田に到着したのであろう。

②では、宮地の実父の亡くなった時も、宮地の妻（康子）が亡くなった時も五味夫妻は遠く葛飾まで足を運んで宮地を慰めたのだ。康子は二人にとっては姪に当たる人だ。

③では、五味が戦後早くから、奥沢の自宅をアララギ発行所とし、私生活をほとんど犠牲にして、日夜、アララギの発行業務に従事していたのを、和子夫人が献身的に支えていた姿を思いやった作品。

この時代の社会の動きについて一言述べれば、前年のモスクワ五輪に日本は不参加、イラン・イラク戦争が始まり、校内暴力、家庭内暴力が激増した時代だ。五十六年三月に宮地は長かった教職から退いたので、この問題に直接かかわることから解放された。

なお、和子夫人の葬儀の際の保義氏の姿を詠んだ作品も忘れられない。

④車椅子の君は今しもみ柩に寄りて別れの花置きたまふ

次に丸山ワクチンに関わる作品が続くが、これは発明者の丸山博士がこの頃亡くなったからかも知れない。私にははっきりした記憶がない。しかしこれも又、宮地夫人、康子さんの死につながる悲しい記憶をよみがえらせた歌だ。

⑤いつまでも眼を去らずうなだれてしやがめる丸山博士の写真

⑥かのワクチン求むと長き長き列にありし堪へがたき心よみがへる

⑦希望あれば丸山ワクチンも打ちますよと若き医師言ひき今も感謝す

⑧いくばくの効果ありしかありしならむ丸山ワクチンもサルノコシカケも

こうした作品を書き抜きつつ思うのは、宮地という歌人は、歌がうまい人だったということは無論だが、実に誠実な歌よみであったことだ。これらの作品の一首一首がそのことを如実に伝えている。

翌年（昭和五十七年）の冒頭の「輝く入江」も作者の好む日常の水辺を写して秀れた作品である。

いくつか紹介して本項を終える。

⑨目的を持てる如くに列なりて鷗は歩く干潟のうへを

⑩鴨のためこの葦原を残せるか鉄橋のわきに猫の額ほど

⑪ただ一度妻と旅行き採りしもの冬を耐へたる金剛山のあざみ

⑫職員令（しきゐんりやう）に番長の語を見出しぬ再び使ふは千年あまりの後

表現過剰とも言える今の歌の世界から見れば、日常平語の歌のように見えるかも知れないが、日常生活の何気ない場面から、ささやかな詩情をすくいとる宮地の作品に、私は限りない親しみを覚える。⑫の作には、彼の作品の特徴の一つ、フモール豊かな味わいが伝わる。

59　息子と娘たちへの歌——昭和五十七年

この年、宮地は六十二歳、長男の良平と長女の由美子はすでに成年に達し、彼女は嫁いでいた。

私自身は家族の歌は余り詠まない（しかし飼い猫ミイの歌は時々作る）が、宮地はその反対で、実に沢山の家族への作品を残している。両親、妻の康子、四人の子供が対象となったが、妻以外の人物に対しては辛口の批評をこめた歌が多い。勿論その底には愛情がこもっているのだが、実際に口をついて出てくる歌は皮肉なトゲ（そんなにするどいトゲではないにしろ）を含んでいた。

こうした時の宮地の眼は実に鋭く、彼等の日常の言動を精細に観察する。但し、時には末娘の夏子（当時は高校生）へは優しい眼を向けているのだが。

①三島より太宰に心の移るらし乏しき小遣に買ひ求め来ぬ

②父我を承けし乱雑と諸へど煙草の匂ひもこもる部屋となる

③わが娘が告白をせり牛も馬も蛇もうつつに見しことはなし

本好き、というよりは本の虫といった方がよい父の血を承けた娘だから、文学好きになるのは当然だろうが、三島由紀夫から太宰治へ関心を移した娘の変化を宮地は肯定的に見ているのだろう。

そして②の歌。六十代の宮地が、すでに己の部屋が乱雑になっていることを認めているが、この頃の乱雑はまだ序の口、晩年のそれは、床といわず壁面といわず部屋の空間にはすき間なく本が詰め込まれ、まるで本の穴倉と言うべきで、凄愴な感を受けたものである。

③の娘の告白もまた真実のものだろうが、下町の少女にして牛馬も蛇も知らないというのは、母親を早く失った日常生活の反映とも思われ、何かあわれを催す。

丁度この頃、二人の息子は長男は大学を出て「就活」を、二男は高校生であった。次の作品はそのことを詠んでいる。

④髪刈りてこざつぱりとして出で行きぬけふは二つの会社訪ふとぞ

⑤高校に出で行きし汝のベッドに見つ「間違ひだらけの生き方」といふ本を

そうした中で宮地自身のある日の行動を記す歌がある。若い頃から何度も行って土地勘のある墨東の地への散策の歌。

⑥文学散歩といふものを馬鹿にせし我が百花園に来ぬ講師となりて

⑦下宿せし子規の時より九十余年今も店あり高速路の下に

⑧団子屋はけふ休みにて会はてし人々にぎはし桜餅の店に

⑥の百花園（向島）は江戸期から、文人や風流人が集った庭園。私の出た都立高が近くにあ

って、私も授業をエスケープして時々そこで時を過したものだ。⑦は以前にも記したが、隅田公園の長命寺境内の月香楼のこと。

子規が住んだのは二週間ほどだが、そこの娘とのほのかな恋愛感情を取り沙汰されている。この店の名物は桜餅で、向い側の言問団子の店と好一対。⑧はそのことを詠んでいるのだ。なお、この年の四月十三日に土屋文明夫人（テル子）が、九十三歳八ヶ月を以って逝去。文明は九十二歳だったから、いわゆる姉さん女房であった。宮地に次の挽歌がある。

⑨若く初めてまみえし時に夫君の気短かなるを注意したまひき

⑩千葉行きは水色の階段のぼれとぞさやけく響く声に従ふ

いかにも宮地らしい挽歌。よくある悲しみを純一に表出した作ではない。土屋夫人の死は、アララギ終刊への序曲だった。

60　五味保義の死——昭和五十七年後半の歌

前々月、五味和子夫人の亡くなった頃の作品について記したが、今回は、その夫である五味保義氏の死に至る頃までの宮地作品について記そう。すべて昭和五十七年半ばから後半の作品。

先ずは家族たちへの歌。相変らず宮地の歌は、やや辛辣なところがある。孫への歌などは別として、彼の家族詠では、手放しの家族讃歌は見られない。そこは並みの歌よみではない。多分、戦前の土屋文明の辛口の家族詠（親などに対する）の影響もあるに違いない。

①四つ玉をうとめる母がのろのろとはじく音する寒き厨に

②代らむと言ふを拒みてあまたたび針の目にいどむ母八十三

③おほつぴらに吸ひ始めしを非難する祖母に言ひ返す「俺は二十三だよ」

その頃の宮地の日常の家庭生活が目に浮んでくるが、こうした中で、ともかく家の中の納まりがついていたのは、当時八十三歳になっていた母親（にしき）が健在だったお蔭なのである。ある意味では、宮地は安心して、母や子供たちに対し、批評的な言辞を弄していたとも言えようか。

昭和五十年代半ばからの宮地は各種の講座、講演は勿論、泊りがけで地方の歌会、大会へ出かけることが多くなった。留守中の雑事は、高齢の母の双肩にかかっていたのであり、その後の十年間、母のにしきは、その役割を果たし、平成四年の末に九十三歳で歿した。

この年、宮地は、藤原定家の「明月記」（原本）を見ることが出来た。たとえ、博物館の陳列ケースのガラス越しではあっても、定家の肉筆を垣間見ることができたのは大きな喜びであった。

④ガラス越しに読む明月記年老いて筆跡力強く見ゆるもしたし

⑤中納言を望む定家の申し文塗りつぶし塗りつぶし書きしこの文

⑥その肉筆見しばかりにて思ほえずけふは立つ俊成を祭る祠に

この一連には「明月記」という見出しがあるが、宮地の目はこうした歴史詠での勘どころを見逃さずにとらえている。私も近年の国際古典籍展示会で、定家や俊成の肉筆を観る機会があったが、定家の角のとれた、やや丸みを帯びた筆跡には親しみを感じた。

⑥で俊成の「祠」と言っているから、京都での展覧会かも知れない。道長は、その「御堂関白記」の真筆では、うら紙も使っていて、やはり紙が貴重品だったと気付かされた。

この年、五月二十七日に長く病気療養中であった、元・アララギ編集責任者で、宮地の師範学校時代からの恩師、五味保義が亡くなった。

晩年の五味の姿を彷彿とさせる追悼歌がある。

⑦去年はここに夫人葬ると車椅子の上に涙を拭ひいましき

⑧「何をしてゐるかねえ」と或る日言ひましき遠く離れて病める夫人を

⑨五味先生作りたまひし紙縒の束灯の下に手に取るも悲しく

⑩厠に行くと一寸刻みに歩みたまふ姿まもりて堪へ難かりし

私も学生時代から三十代に入るまで、公私ともにずい分お世話になった五味先生を詠んだこの一連、とくに⑦と⑨の作は長く記憶するところである。

なお、五味保義の晩年の作品について、宮地は以前から強固に持っていた叙景歌中心の、硬さが、ほぐれ、不思議な透明感を湛えた平安、静しつな歌が多くなったと指摘している。

作家の大原富枝はその頃の五味を訪問し、ハンセン病者のアララギ歌人「津田治子」について、五味に何度も質問し、ようやく「きれいな人だった。美しい人だった」という答えを一言聞き得た。

その答えは単に容貌のことではなく、人間としての美しさを語ったとして、大原は、五味が少年の如き純粋な状態にあると記した。そして大原女史は、五味は専門の万葉学者として世に立ち得たのに、短歌の道に殉じた人と結論した。

61 昭和五十七年ごろは特に秀作多し

この時期、前年の昭和五十六（一九八一）年には長い間つとめた中学校の教師を定年退職し、子供たちも成人し、ようやく多忙であった宮地も、時間的なゆとりが出来た。

選歌、執筆、地方歌会や講演など忙しいと言いつつも、以前に較べれば余裕を以って事に当ることも可能となったのである。その事は、作歌生活にも好結果をもたらし、昭和の終末へ至る迄、レベルの高い作品を残すことが出来たのである。

昭和五十四年には現代歌人協会の理事に選ばれていたが、そのことも彼の歌壇に於ける声価、信頼度を示している。俵万智の『サラダ記念日』に賞を与えた時の選考委員長が宮地であった。

さて、この時期の宮地はどんな歌を作っていたのだろうか。伊勢へ行った折の作品を引く。以下全て昭和五十七年の作。

①この国の秋のしたしさ刈り取りてガードレールに乾し並べたり

②疱瘡病み若くみまかりし斎宮と聞けば沁々とみ墓をめぐる

この地へ行けば大抵の人は伊勢神宮や那智の滝を詠んだりするが、宮地はガードレールに乾している稲束や、都から遠く離れた伊勢の地で病没した薄倖な斎宮をいたむ。こうしたところは、いかにも土屋文明に若くから親近していた人の歌である。

渋く、辛口な歌で他に媚びる所がない。やはり歌はリアリズムがいいと思わせる一連である。右に続く作品に「身辺」があるが、例によって宮地家の大黒柱の「にしき」刀自が登場。

③人形展見に行くと朝よりそはそはす八十三の我が家の童女

④あたふたと老いし家刀自帰り来て蒲団の上の猫を蹴とばす

特に④の歌に生前のにしき刀自のいきいきとした面影が彷彿とする。この人は女性としては長身でほっそりとした人。口調もはっきりとした歯切れよい江戸っ子といった感じだった。

大体が文明さんが、犬猫を愛玩する世の風潮を苦々しく思っていたし、そうした歌をいくつも作っていた。文明かぶれの私も、近所の野良猫が近よってくると蹴とばしながら歩いていたものである。それが何と今や完全な「猫」礼讃者になってしまった。

⑤髪洗ふと立つ少年がこの流しで入歯洗ふなと祖母に注意す
⑥灯の下に今宵真向ひ酒飲めば良きかなこの息子といふもの
⑦受売りのままに息子に警告す日に二十本二十年の後を

⑥の如く、たまには成人した息子と向き合って酒盃を挙げることもあった。この息子讃歌のあることを、私は宮地のために喜ぶ。晩年は不如意な暮らしを嘆く作品も多かったのであるから。

更に子や孫との生活の機微をとらえた作が続く。

⑧夜半過ぎて門叩く子に起きて行く鷗外の或る言葉思ひて
⑨酒気おびて夜半に帰り来しこの息子童貞なりや否やは知らず
⑩わが部屋をそつとあけたる幼な顔舌打ちして巨人の敗るるを告ぐ

⑧に鷗外が出てくるが、宮地は漱石よりも鷗外の文章を多く読んでいた。宮地の知的好奇心を満足させる作家が鷗外であった。彼に関わりの深い女性が、私のかつて住んでいた葛飾の四ツ木出身であったと教わったのもその頃であった。

学生時代、私もよく深夜、家の門扉を叩いたものだが、大抵は母があけてくれた。誰も来ない時はバラ線の張ってある塀をよじ登ったのだが。

さいごに社会詠的な作品を一首。

⑪首相は歴史観持てと今朝の社説己が意見など持つ人なりや

この歌などは、今の世の中にぴったりの歌ではないか。今の日本の政治や政治家を詠む人は実に多いが、皆紋切り型だ。宮地作品は良い手本となる。

62　昭和アララギ最後の輝きの時代

昭和五十年代の歌をしばらく扱って来たが、この頃が、昭和のアララギの最後の輝きを保っていた時代である。

土屋文明は九十代だったが、なかなか元気で『青南後集』（昭和五十九年刊）を出し、戦前からの直系の門下、吉田正俊、落合京太郎、小暮政次などは選者として活動。ただし、最も聡明とうたわれていた柴生田稔は、病を得て選者の役目から退いていた。文明は平成二年に百歳で亡くなる迄、あと六年の間があり、他の選者の多くは文明没後まで命を保ったが、その後数年して没した。

歌壇では今日では活躍している大家と目される人々の歌集が次々に出ているが、目新しいところでは、昭和十九年生れの会の『モンキートレインに乗って』（昭和五十八年刊）や若手の女流歌人の活躍が目立つ。

さて、宮地の作品に目を転じよう。妻の康子が亡くなって六、七年経た頃だが、妻への宮地の思いは事あるごとに、深く切ない歌として現出する。

①かの子規の如くこゑあげ泣きたしと涙ぐみ言ひき六年過ぎたり

②長からぬ生を終へむとする前にぽつんと言ひきしあはせよと

③炎たつ妻の骨をば見ざりしを安らぎ思ふ眠らむとして

これらは皆、昭和五十七年の作。かつては一年に作る歌の数が極めて少なかった宮地もようやく大家並みに歌を発表するようになっていた。

妻に対する挽歌といえども純一に悲しみにひたるというよりは、もっと生の悲哀を濾過したゆとりと深さが加わっているように思う。

④歌ばかり作る保義は困り者と言ひし叔母君もここに眠れる

「返り花」と題する一連の作中の歌だが、亡き人を悲しむというより、もっと自由に歌を詠んでいる。

五味一族は下諏訪の町の山手の傾斜地に肩を寄せ合って眠っている。次の一首はそこから少し離れた所、例えば「高木」の赤彦の墓の辺りから湖を見ての作か。

⑤少年の日より眺めて見ばえせぬこの湖と山かぎりなくしたし

「見ばえせぬ」と言っておいて一転、「かぎりなくしたし」と詠む。この変幻自在な表現と発想こそ、宮地の到りついた境地であり学ぶべき点ではないか。

さて、この年の冬の日常を彼は次のように詠む。

⑥注ぎあひてビール一本を今宵飲む八十四歳の母の誕生日

⑦辞書どもはみづから行方をくらますか積み上ぐるなかに茫然とをり

⑧明けがたにタバコないかとわが部屋に入り来し息子を追ひ返したり

⑨魔女の如き姿となりて袋かかへ粉雪ふる夕べ母の出で行く

高齢になっても元気だった母親を歌った作品はみな活きいきしている。モデルの「にしき」刀自の存在そのものが、良い作品の発想のもとになっている。

⑦で探している辞書が見つからず嘆いているが、私が嘆きたいのは、私の中学・高校生時代の数百首書いてあった「作歌ノート」が、宮地の書斎から行方不明になってしまったことである。それらの作品にいくら愛着があっても、今さら思い出して作るわけにはいかないのだ。

冒頭で述べたように、その後、六、七年続く昭和末期は、アララギの老大家の時代から、もう少し若い、清水房雄と宮地伸一の二人に代表される時代に移って行く。

隆盛を誇ったアララギも徐々に老いつつあり、終末へ向ってゆく。

63　眼光炯々、人間をとらえ、社会をとらえる

宮地という歌よみの印象については、アララギの部内でも、歌壇一般の定評としても、暖か

味のある親切な人、誠実な人として語られているようだ。そのことは間違いではない。しかし、それだけの人間では、決してない。

私と宮地との付き合いは、中途でしばらく断絶した時期はあるものの、凡そ六十年近い。昭和二十六年に私は中学の国語教師をしていた宮地に出会い、多くの歌書、歌集を読み、毎月その自宅へ行き、懇切な短歌実作の指導を受けていた。

そして、その合い間には数人の中学同期の友人たちと丹沢、奥多摩の山地を跋渉し、江東の地（紅灯にあらず）を文学散歩して歩いた。そうした経験から言えば、始めにあげた世評通りの面と、もっと別の面も存在することに気付いていていた。

それは、本質的に宮地は冷静な人物で、世の動き、人間心理の機微を素早くキャッチするタイプの人間だということだ。

この点に於いて、私の如く、全てにのんびりしている人間とは極く対照的なタイプであったと思う。作歌についても、この点はかなりはっきりと存在するので、彼の作品の持つ大きな特徴として論ずるべきであろう。

①「沈黙の春」はまだ来ず東京にかくも雲雀の鳴く空があり

②投票にも行かずそれぞれ音楽を流しをり我が家のノンポリ二人

①の「沈黙の春」を素早く捉えた作など、宮地作品の社会に対する反応の素早さがよく窺わ

れる。この書物は、深刻な環境問題、生命の危機を論じ、大きな衝撃を与えたが、今の若者は知るや知らずや。宮地の冷静な眼力や批判力は、②の如くおのれの子供たちの動向にも注がれる。

私は自分の妻子のことを歌の材料とすることは余りないが、宮地の場合は、住地葛飾を流れる川辺の自然と同様、有力な作歌源なのであった。

③水のほとりを歩み来りぬいきほへるたんぽぽは皆渡来種ならず

④ファッションショーの世話やくと一人の出でしあと一人帰り来コンピューターに徹夜して

この二つなど「自然」と人間の生活が、活き活きと詠まれていて印象的な作例だ。

この年、宮地は珍らしく、母ニシキさんと同行して、京都を訪れている。

⑤箱根より先は知らざりしわが母が老いて歩めり四条河原町を

⑥このみ寺に妻と来し日もはるけくて老い衰へし母とけふ来ぬ

この頃、すでに宮地は「林泉」の同人欄(約百名)の選を毎月しているので、同会の大会の折に同行し、親孝行したものであろう。この二人のコンビが何を語り合って京見物をしていたか、一寸その様子をのぞき見したくなる。

初夏の頃であろうか、宮地は「みちのく」へ旅する。多分、仙台の「群山」歌会へでも行かれたのではあるまいか。

⑦一面に春の野げしの黄なる花おぼろけ川を渡らむとして

⑧ここもまた観光名所の一つとなる茂吉先生詠みたまへれば

「おぼろけ川」とはどの辺りの川か。多賀城へ行くかなり前の作だから福島県辺りの川だろうか。また、「多賀城」を見た宮地なら、必らず、その地の鎮守府将軍としてやって来た、大伴家持を詠まずにはおくまい。そういう作品が、私にはすこぶる面白いのだ。

⑨梅雨曇さむき多賀城の丘に立つ大伴家持の一生思ひて

⑩長く長く歌をも詠まず年老いてここに赴任せし心をぞ思ふ

⑪持節征東将軍といへど鬱々と日々楽しまず過ぎしならずや

⑫石碑に記す天平宝字六年には因幡守家持は京に帰りき

64　壬申の乱からミサイル発射まで

昭和五十八年は、宮地の六十代前半の頃であり、作歌活動も脂ののり切った時代である。この年の後半にも秀作が多いので、「大友皇子像」の一連と「ミサイル」の一連から十首ほど紹介しよう。前者は宮地の歴史好きを反映した作、後半は、この年に起った大韓航空の旅客機がソ連のミサイルで射ち落された事件を機敏に把えた作。その事件の起きた現場は北海道南部の北西沖の日本海洋上で起った。
まず「大友皇子像」の一連から。

①壬申のいくさの後にもこの寺はひそかに皇子の像を伝へ来ぬ

「この寺」というのは当時、「林泉」会員に大友さんという女性がいたがその人のゆかりの寺だったと思う。そこに秘かに伝えられていた皇子の木像を拝観して詠んだ。

大友皇子はよく知られているように、壬申の乱の敗軍の将（近江朝）。天智天皇の皇子で、風采も立派、文武の才に恵まれ、人望もあったとされる。以下に数首つづける。

②内陣の暗きに永久に坐したまふ眸大きく赤き御衣着て
③懐風藻に魁岸奇偉（くわいがんきゐ）と記したれど愁へを含むこれのみ面は
④母卑しき故の負目を一生持ちて戦ひ敗れし皇子かと思ふ
⑤若く雄々しき大友皇子の像を拝し白鳳の屋根瓦今ぞ手に持つ

③の「懐風藻」の記述で大友皇子の評価は定まったようだ。
④でその生母は「卑しき」身分の出と言っているのは、母は采女であった伊賀宅子娘だからだ。ふつう天皇、皇子の正室は皇族か最上級の貴族だから、かく述べたのだ。
また少々補足すると、乱が勃発したのが六月、七月の瀬田川の戦いで敗れた大友皇子は、そこからはるか西の今の京都府乙訓郡の大山崎まで逃げて、そこで自死した。

大山崎の山中には日本醸造界の先駆者、加賀正太郎の山荘が現存。加賀は蘭の愛好者で戦時中に美麗な『蘭花譜』というすばらしい版画集を刊行。西欧アルプス登山の先駆者としても知られる。戦国期に、明智光秀と羽柴秀吉が天下分け目の決戦場を眼下に見下ろす地。旨いビールも飲める。

つい長々と筆がすべった。以下は「ミサイル」一連から。

⑥ミサイルを浴びつつなほも飛び続けし四十秒のまの人の心よ

航空機内で起った「テロ」事件は数多く近年も映画化されている。私が昨日（三月十九日）見たC・イーストウッド監督の「十五時十七分、パリ行き」は列車内のテロであった。宮地はまず、ミサイル命中後、四十秒飛び続けた機内の乗客の気持ちに思いを致している。

⑦細き細き下弦の月にてありしかば撃たれて暗き海に沈みき

宮地作品は勿論全てがリアリズムの作品だが、平凡な写実に陥らないよう、歌いぶりに変化を求めている。その事件の夜の天体の様子にまで思いを巡らせている所が宮地流なのである。機敏な神経の働きがないとこういうふうにはいかない。

⑧否定よりつひに撃墜を認むるまで六日費すこの大き国

⑨チエホフをトルストイを生みし国といへど死者を悼まむ言葉すらなし

ある大きな事件についての失態を認めるに、恐ろしく時間がかかるのは、政府も国家も共通のやり口。今さかんに論じられている森友問題もその最たるもの。ようやく安倍政権があわてだして来た。「この大き国」は⑨の作で「チエホフとトルストイを生みし国」とはっきり詠んでいるのに注目。この詠法は事件の多発する現在でも参考になる。次にしめの作あり。

⑩海深く落ちて音波を放ちゐしものも停まるかこの二三日

65 宮地の家族詠――辛辣な観察、その裏側の愛情

いよいよこの歌集のさいごの部分、昭和五十九年制作の作品に入る。その冒頭の連作には「蒙古斑」と小題が記されている。孫の誕生にかかわる作品である。宮地の家族詠は、大人に対する時、極めて辛辣な観察眼を働かせるために、自から批評性を帯び、家族に対する愛情が表面に流出した、べとついた作品は殆どない。但し、孫などの幼い者たちへの歌は純一な愛情が素直に純粋に歌われている。これは極めて当然のことであろう。

①包めるを腕に受けたりふはりとせるこの感触によみがへるもの
②むつき換ふる手さばき見ればおのづから思はざらめや汝が母のことを
③蒙古斑背にもひろがるを一目見て心足らひて別れ来にけり

この年、宮地は六十四歳、中学の教師を定年退職して四年たっていた。長女の由美子さんに赤ちゃんが誕生し、病院に見舞いに行った折の作。

②でおむつを替える娘さんを見ていて、そこから早く亡くなった妻の康子さんを思い浮べる辺りに宮地の純一な愛情が表出されている。③の「蒙古斑」云々も、いかにも宮地らしい目の付けどころであろう。

④気まぐれに折々猫を飼ひて知る猫にもはつきりと知能の差あり

⑤体当りしてドアあける工夫などこの猫にいくら教へてもダメ

準家族ともいうべき「猫」を詠むにしても、単純にそれを可愛がるような歌を作らないところが宮地的なのである。

しかし、家にいて屈託した折々に、猫にくり返し、ドアを開けることを教えて気分を変えることも宮地の日常の一つの場面なのだ。

⑥明日のための米磨ぎし後入歯はづして安らふ母よ八十五となる

ここには前述した「辛辣な観察」の中の愛情がよく現れている。

宮地は「八十五」の母を彼流にいたわる。ところで、私も今年でいつの間にか「八十」だ。何と恐ろしい歳月の流れではないか。

この回では、宮地の家族詠を採り上げているが、もう成人してしばらく経つ息子二人についても宮地調と言ってもよい作品が目につくので次に紹介しよう。全て昭和五十九年の作。

⑦戸締めせるあとに帰り来し弟に舌打ちしつつ兄の出で行く

宮地家の夜更けの一場面。すでに錠を差した玄関へ、弟のために兄が錠を外しに出て行くのであろう。「舌打ちしつつ」がこの場面に生彩を与えている。この辺がいかにも宮地らしい表現。

⑧成人式より帰ればわが子もひろげ居りマンガ世代と言ふにやあらむ

ここで歌われているのは息子ではなく、次女の夏子（四十年七月生まれ）であろう。ここでもすでに「マンガ世代」が歌われているのは興味深い。

電車の中で大人がマンガ本を広げているのが、ごく当り前の風景となった、その「はしり」の頃かも知れない。

⑨元日の山頂に立ちし感激を言ふとも親の心には触れず

この歌では長男の良平君を詠んだ。これまでにもしばしば宮地は彼の山行についての歌を作っているが、この歌のように親の心配が顔をのぞかせることが多くなった。昭和四十三年に私がパキスタンのヒンズー・クシュ山脈中で遭難したことも影をおとしているか。

折にふれて宮地は間欠泉の如く戦時中の兵士としての思い出を詠む。

⑩スコールに銃をかばひて行きしかなバナナの林マニラ麻の林

大戦末、彼は北満から南方戦線に移動し、九死に一生を得る。セレベス島へ行く前に比島のミンダナオ島にいたので、そこでの回想か。南洋の感じが出ていて、私の好きな歌だ。

66 『潮差す川』の最終章

いよいよこの歌集の最終章を迎える。この項には二つの小題を持つ連作が収められているが、どれも勿論、昭和五十九年、即ち一九八四年の作品である。

先ずは「樋口賢治氏一周忌」の一連から。

①五味夫人の棺送ると雪の庭にしよんぼり立ちゐし姿忘られず

樋口がアララギの選者になるのは小暮政次ら僚友に比べると、作歌中絶の時期などがあり、かなり遅れたが、快活、誠実な人格の持ち主で人望が厚かった。私などは、この人がもし長寿を保っていたら、アララギの運命も、もっと変わったものになっていたと思う。

戦前から土屋文明の仕事を支えて来て、戦後アララギの隆盛を荷った仲間、五味保義の夫人が病いの夫を残して先き立たれた。暗たんたる樋口氏の胸中を思いやった歌だ。

その五味保義も夫人の後を追うようにして昭和五十七年五月末に病没、樋口氏も続いて亡くなる。作者の宮地としてはアララギの落日を見守るような思いだったに違いない。

②手も握つてくれなかつたと亡き人を沁々と言ふこのひとも老いぬ

「亡き人」は樋口氏。彼は酒徒としても知られ、新宿に心易い酒亭があった。樋口氏の葬儀（中野の宝仙寺だったと思う）の後、友人たちが新宿の酒場で友を偲んだのだ。「このひと」はそこのマダムと思うが、宮地の観察力はなかなか鋭いので、こういう場面でもそれが発揮されるのだ。

次に歌集さいごの連作「出雲崎」に言及しよう。

③弟の大酒飽淫を戒めて書きしるすこの豊かなる文字

出雲崎と言えば「良寛」の生地。父親はそこの名主。この時に宮地は良寛ゆかりの場所を見て廻ったのであろう。その事蹟も文字も今では世に知れ渡っている。会津八一はその衣鉢をつぐ歌人、書家。後年早大で美術を講じた。

ある時、深田久弥が友人の小林秀雄に次のような質問をした。近ごろ会津の書がもてはやされているが、どうなのかと。小林は即答して「良寛はいいが、八一のはダメだ」と一言で切って捨てた由。これは直接、深田氏から聞いた話。

④煩ひより逃れむと若く出家してさらに煩ふことなかりしや

この一首は早くから私の記憶にある作。いかにも宮地らしい機敏な、鋭さもひそめた作である。

⑤橘屋の屋敷跡ひろし苦しみて封建の世を生きし人々

作中の「橘屋」は良寛の出雲崎の実家の屋号だと思うが、その父は山本左門泰雄といい、名主にして神職を兼ねていた。

良寛は若く出家して数十年にわたり諸国を行脚し、故郷に戻ったのは一七九六（寛政八）年。近くの国上山に五合庵を結んだ。それ以後のエピソードの多くは周知の通り。

この歌集には、太田絢子さん（潮音）の礼状の葉書が挟んであった。

「（前略）「出雲崎」が最後にございまして、思わずはじめにそれを拝見しました。そこに父親のお墓がございまして毎年参りますなつかしい所でございます（後略）」

太田さんと言えば私は北海道の出身かと思っていたが、ルーツは出雲崎であったか。

とにかく、宮地という歌人は単にアララギの有力な歌人であったばかりでなく、歌壇の人々から広く親しまれていたのだと改めて、この葉書から知らされた次第である。

宮地の晩年、今度は草津の温泉へ行かないかと誘われた。ある旅館に、これも良寛が晩年に門人の貞心尼とその宿で、二人の酔態ぶりを奔放に書き散らした画帳だったか、が残されているのだという。この師弟を聖人君子の如く書いている本が沢山あるが、俗説に与しないのも宮地流なのだ。

V　終章（昭和晩期）

67　昭和末期から土屋文明の死まで

宮地の歌集『潮差す川』（第三歌集）の最終部分の作品の制作年は、昭和五十九（一九八四）年であり、昭和最後の年まで四年を残している。その間の作品は、年号も「平成」に変わった平成十六（二〇〇四）年の『葛飾』（第四歌集）まで待たねばならない。長い間、宮地は歌集を作ることを怠っていた。というよりは、彼は余りにも多くの仕事をかかえていたために、歌集を作る暇など全くなかったといってもよい。宮地は短歌に関わる依頼を断わることが出来ない人であった。彼の手帳の予定表は一日たりとも空白の日はなかった。

アララギ本誌以外にもアララギ地方誌の北陸アララギ会の「柊」、関西のアララギ系の有力誌「林泉」などなど。月々の選も引受けていた。

アララギ系以外の各種の歌会、大会、講演など実にさまざまなイベントが彼を待ち構えていた。

二、三のアララギ会員が宮地の短歌作品の収集を試みていたが、歌集を世に送り出そうという熱意が本人に欠けていたのも事実である。

宮地のように多作を強いられる立場の歌よみが十年以上も歌集を作らないでいると、どういうことになるか、自明のことだろう。歌よみの習性として、五十首だろうが、百首だろうが、依頼されれば、とにかく作ってしまうというのが、歌よみの悲しい性なのである。

昭和残存期の宮地作品を少し紹介しよう。

昭和五十九年に房州の古泉千樫の生家を訪ねた折には驚くべき事実が歌われている。

①足弱れど頭はぼけず千樫のもの持ち出ししままの人の名を言ふ
②さりながら千樫がつひに返さぬ物たとへば自筆の「竹乃里歌」

②については、すでに岩波版『竹乃里歌全歌集』が出版された折に、文明がその序文で詳しく、この原本が再発見されたいきさつを述べているので、その紛失事件の詳細が明らかにされている。

③玄関の鏡にネクタイを見直して会社人間も二年目に入る
④三度四度声かけてやうやく起きし子がネクタイを結ぶ飯も食はずに

子供たちもようやく大きくなった宮地の家庭詠。やはり、ちょっぴり皮肉なスパイスを効かせた宮地調だ。

⑤縁日に采配を振るこの顔役昔教へしわが生徒なり
⑥おのが子を歎き言ふことばその父のかつて嘆きしさまに変らず

この連作には「わが生徒」という小題が付されている。こうした作品の折々に、教師としてのキャリアの痕跡が姿を現わすのである。

次に「縞帳」という小題の一連から引く。かつての兵の日に遭遇したさまざまを歌って、今となっては貴重な作品と言うべき部類に入る歌だ。

⑦日下部といふ駅の名も変へられぬ愚かしき戦後の見本のひとつ

⑧暗号書抱きて海に飛び込みきこの町出身の兵なりし君は

⑨全軍の暗号書一斉に変へたるは一等兵の彼の投身に因る

⑩たづさへて海に沈めし暗号書のその赤き色今も目に立つ

⑪乱数表に解きし電文広島の阿鼻叫喚のさまなりきああ

この時、海に飛び込んだ兵士は、三枝という姓だったそうで、私はこの一連に関した話は何度か聞かされて、新妻が故国日本に居るのにと宮地は嘆声を発したのを今も覚えている。

宮地は暗号兵だったので、この若い戦友のことを、中央線で甲州や諏訪へ同行する時にしばしば話されたものだ。

土屋文明の死はあと数年ののちに迫っていたが、宮地は六十代の半ばで、作歌活動そのものは生涯の頂点に達しようとしていたのである。

68　昭和終焉から平成の新時代へ

前回記した如く、歌集『潮差す川』（昭和六十二年刊）所収の作品から、四年ほど後に、昭和は終わり、平成年代へ入る。即ちその最初期に戦後アララギを牽引して来た土屋文明が没する。

この連載は今回六十八回を以て、ひと先ずピリオドを打つが、平成二十三年まで、宮地の作歌生活は続くわけなのであり、その間にアララギ終焉がある。それは同時に平成十年の新アララギ誕生にもつながるので、その節々で宮地は如何なる作品を作っていたのかを記しておきたい。

平成二年十二月八日、土屋文明の亡くなった時の歌から。

①ただ一度軍歌口ずさむ君を見き兵となる我を送る夕べに

②つひにして君の見まさぬアララギか八十四巻となるを手に取る

この後も折に触れて、文明先生回顧の作品は多く、秀歌はむしろそういう時に生まれている。

翌平成三年四月六日にアララギの背骨とも言える落合京太郎が死去。

アララギの選者としては最も厳しく、月々の選歌で百人を越える全没を出し、「落とし」の落合と言われていた。今年の山形の茂吉関連のシンポジウムの折に、大島史洋さんが、アララギで一番嫌いな選者とはっきり言われたのに一驚。私などは逆に、一番本当のことを語ってくれるので、最も親しんでいた選者であった。もっともシルクロード古文献を語り合うこともしばしばあったので、落合氏と私の付き合いは特殊のものであったかもしれない。

③編集会終へて立つ時アララギは滅びてもいいんだと言はしき一言
④切々と亡き人悼むテープのこゑ堪へがたく聞く君も亡き人

③のように思い切ったことをはっきり言う落合氏は、④の文明先生お別れの会では涙をぬぐいつつ弔辞を読む人でもあった。

同じ年八月二十日、アララギの良心とも言える柴生田稔が亡くなった。何年も前に体の不調から選者を降りた柴生田氏だが、亡くなる迄にかなりの歳月病床にあったわけである。氏を偲んだ次の歌が忘れ難い。

⑤先生と呼ばれざりしかの長塚節幸福な人と言ひたまひけり
⑥「共産主義専制治下の全地球」とをののき詠まれきいつの年なりし

この作などは柴生田氏のある一面を把えていると思う。恐らく冷戦時代のソ連についての考え方だろうが、今のロシアの姿を見たとしたら、柴生田氏はどんな感慨をもらしただろうか。

平成五年六月、文明直門の選者として、アララギ晩期の屋台骨を支えて来た吉田正俊が亡くなった。九十一歳であった。

⑦落合君は先生のあとを追つたなと我を見るなり言ひたまひけり
⑧煙草きらふ落合氏の前に遠慮せず喫みたまふさまも目に浮かび来る

この二首とも落合、吉田の七十年に及ぶ盟友関係を良く把え、伝えているように思う。

落合氏没後すぐに熊谷太三郎氏が亡くなったことも、吉田氏の生きる力を削いでしまったように思う。若き日に北陸アララギの「柊」を協力して立ち上げた二人だった。

さて、平成九年の十二月号を以てアララギは終刊する。

前述した如く、小暮政次以外の戦前からの文明直門の有力歌人が次から次に亡くなり、ここに至って、アララギ発行所（小市巳世司）は、アララギの文学的使命は終わったとして終刊に至る（勿論、終刊に至った理由はさまざまあるがここでは記さない）。その衝撃を詠んだ歌を記して擱筆する。

⑨この国の十大事件にもなるべしと言ひて笑ひて悲しくなりぬ

⑩日本語のいよよ崩れむとする時に日本語守りしアララギは死す

宮地伸一の秀歌百首選

幾たびか夜なかめざめて吾は思ふけふより兵となれるこの身を

『町かげの沼』より（昭17）

やうやくに老い給ふ君やわが帰らむ時もま幸くあれと乞ひのむ

鳴ききほひ北へ渡れる雁見れば国境に何のかかはりもなし

ふるさとより来たる便りに幾たびか北の護りといふ文字ありぬ

うらぶるる心よ雁のこゑ過ぎて枯れゆく草のなかに伏しつつ

スターリングラード保てるままに冬越すかこの国境も既に雪積む

枯原の遠くさむざむと河流れいのち捨つべき彼の国が見ゆ

乞ひねがふ学問すらに身につかず一生（ひとよ）のいのち過ぎてゆくらむ

ひとしきり狼のこゑ聞えたりかの雪谷を越えてくるらし

（昭18）

北極星まうへに近く輝きて永久（とは）なるものを嘆かざらめや

幾分か誇張ある新聞の報道も沁みて読むらむわが父母は
ビスマルク諸島に及べる反攻を心にしつつ年暮れむとす
明けくれにクェゼリン島の戦闘をただに気づかふかの小島ゆゑ
アッツ島死守せし兵の時となくその叫ぶこゑ我はききつつ（昭19）
星さやけき夜半に出でつつ制海権制空権といふを思ひつ
ワクデ島は白煙に包まれてありといふ涙流れて電文を解く
吾とともに絶えず居るべき万葉集あるときは悲し生物の如
偽りし日本よと思ふ者あらむ思ふべしうべも偽りにけり（昭20）
戦ひのために命は費えぬといふほど我は実戦をせず
いたづらに永く守備せしセレベス島の今は遠ぞく雲の下になりて（昭21）
霞みつつ紀伊の国見ゆ日本見ゆいのちはつひに帰り来にけり
わが痩せて来しをば言はす先生もいくらか白くなりぬみ髪は
筏よりあがり来りて夜おそくクレゾール水に足をひたしつ（昭22）
朝よりオルガン鳴らす音きこゆ水に沈みしある家の二階

水の上は夜となりつつ家燃ゆる炎しづけし立石町か

夜おそくあかりをともす事により涙出づるまで母とあらそふ

（昭23）

日本語の表記やさしくまとまらむ時を恋ひつつ作文を読む

秋づきし光さびしむ校庭にばら葉切り蜂葉をくはへとぶ

こうるさきわが父を早くくたばれとある工員が言ひたりしとぞ

楤の芽を求め求めゆく山の中小さき芽すらも採(つ)ましめ給ふ

（昭24）

妻帯者ほど金に汚なくなることを蔑むのもいつまで続くのか

教員のだめになる過程思ひつつ今宵連れられて料理屋にをり

手をあぐる群衆の前うづたかくバイブルかかへ無造作に投ぐ

（昭25）

酒飲みていよいよ不快になる時にアララギさんと呼ぶ奴がある

ごみごみとせるこの土地の生徒愛(あい)し一生終らむをはるともよし

（昭26）

あかりつくるたまゆら寂しわけもなく心抑へて帰り来しかば

別れ来て今し思へば常ならぬわが心とも人はいふべし

玉かぎるほのかに我に見えし人今さらにしてわびし切なし

谷川を喘ぎのぼり来て心なごむ青葉が下の積石（ケルン）を見れば（昭27）

瀑布持つ川幾すぢか走りたりわが立つ山をみなもととして

谷川に足ひたし少年は論じあふ六百余りの基地持つことを

秋草のゆらぐ峠に立ちどまる山いつかしく少年かなし

かたむける光そそげり尾根道の芒みだして少年走る（昭28）

胸迫りかなしきものを呼ばふにも何はばからめこの山のなか（昭29）

かたはらに息のむ蟇（ひき）よこの谷の紅葉の時もひとり来るべし

防衛大学の学生となりけふは来ぬその制服をほめつつ寂し（昭31）

ひとときに緑萌えたつをかなしみて古き峠をけふ越えむとす

朝たくる光のなかに目ざめたり何笑ひゐる父と妻とは（昭32）

山脈（やまなみ）の限りなきさま寂しみて三つの峠をけふは越えたり

ひと谷を越えてハンマーの響く音向ひの山に道つかむとす

安らぎて荷をおろすなり沢二つ出合ふところにケルンがありて

ワイシャツの白きか否かも調ぶとぞ「清潔感」といふ項目あり（昭33）

階上より幼き声の呼び立てて今ピケ隊に阻まるる教師
世の批判はさもあらばあれピケ解きしおのおの手を振り帰る夕暮
おびただしく微塵まひ立つ光の中みどりごはしきりに立たむとぞする
（昭34）
風邪引きて一日臥せれば身に沁みてありがたきかも妻といふもの
数十万の洋傘（かうもり）の中を伝はり来るスピーカーの声ことばにならず
人間として答へよといふ声に青ざめて立ち上る教育長の
問ひつめられ涙を流す少年のなほもつぶやく今度はうまくやると
教室に捨て置きし少年の鞄より短刀一振取り出だしたり
（昭35）
何を食はむとささやく妻よ浅草の人混みの中にけふは来りて
こともなげに妻は並べて襁褓替ふ一せいに泣くみどりご幼なご
子らのためナイフあたためパンを切る怠り過ぎしひと日の夕べに
唐人お岸やめろと掲ぐるプラカードすれ違ふ列に見出でて笑ふ
階段を駈けのぼり来る少年はスッテンコロコロとつぶやきながら
縁側を這ひのぼり来しをさなごのふぐりはいたく砂に汚れつ
（昭36）

既にして処刑されしかの少年を枯草の中に来り悲しむ（昭37）

「君が代」を歌はぬことに心決め数よむ中に手を挙げてゐる（昭38）

プレスにて指を落としし生徒のことこの二三日思ひ離れず

厚き辞書抱へゆく子を見守れば戸棚をあくる踏台とせり

暗殺さるる幾年前か傘さしてにこやかにメーデーに在りしおもかげ

『夏の落葉』より（昭39—41）

日本軍罪悪史といふ書出づべしと戦争止みし時に思ひしものを

紅旗征戎吾事に非ずといふ語さへ思ほゆるなり飜る旗の下

八階のうへまで大きく響くこゑガス銃を発射しろどんどん発射しろ（昭44）

はがされて土あらはなる歩道ゆく古代語一つにこだはりながら

細き月にあきらかに見ゆる静かな海そこに人ゐて今眠るとぞ

人二人今かの月に仮眠すと銀座に来り仰ぐ白き月

しみじみと父逝きし後に思ふことその筆跡をひとたびも見ず（昭45）

志高ければ文は拙きをよしとすと意識したりや拙き辞世

天皇を迎ふる如く「鉱山王」の市兵衛を町に出迎へしといふ
「市兵衛を殺せ殺せと鳴子哉」忘れ難し「日本」に載りし吾空の句（昭47）
煙害に滅びはてたる松木村ここと言へどもしるしさへなし
遠ざかるいのちなき山かへりみてGNPのこと日本の未来のこと
こゑあげて遊べる群にまじはらぬ鴨はしづかに日を浴びてゐる
亡き友を悲しみ来れば家の前に去りたる人も立ちていませり
紫　草（むらさきぐさ）とふ日本語はなしとけふの歌会に語気強くして言ひたまひたり（昭48）
葦原をなびけて潮のにほふ風人間にいかなる運命の来る
いさぎよしと思ふまで降る夏の落葉いかなる時のきたるにやあらむ
「ツミなき人の惨死が実に身にしむ」と日露戦の年の左千夫の手紙（昭49）
過去帳に幼き名をば記す三人みづから腹を切りしや否や
髪伸ばしてひたすら歌ふ君を見る消息なかりし幾年かの後に
青葉の坂ひとり歩めり妻病めばこの世に楽しきものなくなりぬ（昭51）
はづかしと言ひ言ひつひに書き示す初めて詠みし妻の歌あはれ

三十分前にはハイと応へしを窓白み来て今はなきがら

汝が髪を撫でつつおもふこの髪の白くなるまで命なかりき

槍が岳肩の小屋よりの汝が電話華麗なる銀河の下に寝るとぞ

『潮差す川』より（昭54）

ひたひたとデルタ地帯をのぼりくる夕潮の川二つ渡りぬ

（昭56）

ひむがしに宵々出づる赤き星われを救はむ光ともなれ

『続葛飾』より（平9）

この国の十大事件にもなるべしと言ひて笑ひて悲しくなりぬ

日本語のいよよ崩れむとする時に日本語守りしアララギは死す

宮地伸一略年譜

大正9年（一九二〇）
十一月二十九日、東京府下南千住に生まれた。父源六（佐賀県）母ニシキ（東京）の長男。妹弟各一人あり。母方の祖父は羽水と号して俳句を詠んだ。

昭和2年（一九二七）
カタル性肺炎にかかり小学校入学を翌年に延期した。小学校は、東京北千住、浦和、葛飾本田、巣鴨、上十条と、不況による父の職場の移動に伴い転校を繰り返した。

昭和7年（一九三二）
一月、長野県諏訪郡平野村西堀（現在岡谷市）に一家が移り、四年の三学期より地元の小学校に入学。

昭和13年（一九三八）
三月、父が東京に職場を変え、一家が移転したが、諏訪中学校（旧制）を一年残すため下諏訪町高木（赤彦の柿蔭山房の近く）の農家の一室を借り自炊した。この前年あたりから作歌に熱中し、子規・左千夫以下アララギ系の歌人の作品を乱読した。特に茂吉の『朝の螢』、文明の『山谷集』に感銘した。その頃より岡谷市の山本百合花主宰の「短歌地帯」に出詠、四年ほど続いた。

昭和14年（一九三九）
諏訪中学校を卒業し、実業につくつもりだったが、新設の東京府大泉師範学校に五味保義氏が教師をしていることを知り、入学した。

昭和15年（一九四〇）

月、アララギに入会し、土屋文明の面会日に初めて出席した。以後、文明選歌欄に出詠。

昭和16年（一九四一）

師範学校を卒業し、四月より小学校の教員になるとともに、青山のアララギ発行所に夜ごと通い、仕事を手伝った。斎藤茂吉、土屋文明をまのあたりにし、また吉田正俊、落合京太郎、樋口賢治、小暮政次、柴生田稔等の先輩諸氏を知った。十二月、太平洋戦争。

昭和17年（一九四二）

一月、東京の部隊に入営。四月、北満の国境部隊に移り、翌十八年十月、暗号兵として濠北の第二方面軍司令部に転属した。初めフィリピンのミンダナオ島ダバオ、次いで豪北のセレベス島各地を移動。二十年八月の終戦は、同島のシンカンで迎えた。

昭和21年（一九四六）

六月、復員。

昭和22年（一九四七）

この年以後、東京都葛飾区の中学校に奉職。

昭和32年（一九五七）

三月、今井康子と結婚。三十三年四月、長女由美子、三十四年六月、長男良平、三十七年四月、二男哲夫、四十年七月、二女夏子がそれぞれ生まれた。

昭和39年（一九六四）

八月、歌集『町かげの沼』を白玉書房より刊行。

昭和45年（一九七〇）

八月、父死去。

昭和47年（一九七二）

五月、アララギの選者になった。

昭和51年（一九七六）

三月、妻康子が発病し、三月末に神田駿河台の三楽病院に入院、十月二十五日に四十五歳で死去した。肝臓癌であった。

昭和54年（一九七九）

この年より現代歌人協会の理事となる。

昭和56年（一九八一）

三月、退職。五月、現代歌人叢書の一冊として、短歌新聞社より歌集『夏の落葉』刊行。

昭和62年（一九八七）

現代短歌全集の一冊として『湖差す川』（短歌新聞社）刊行。第三歌集にあたる。

平成2年（一九九〇）

十二月八日、満百歳をすでに迎えていた土屋文明先生死去、十二月二十三日に青山葬祭場で「お別れの会」が行われた。

平成3年（一九九一）

アララギ十月号（土屋文明追悼号）に「土屋文明著作目録」を伊藤安治と共に編んだ。

平成4年（一九九二）

十一月、初めての散文集『歌言葉雑記』（短歌新聞社）刊行。十二月、母死去。

平成6年（一九九四）

一月、アララギは「一千号記念特集号」（二月号）を刊行した。

平成7年（一九九五）

六月、ＮＨＫ学園の短歌講座講師として、受講者有志たちとニュージーランドへ旅行、同地で即詠の歌会も開いた。

平成9年（一九九七）

七十七歳、十二月に創刊以来九十年の歴史を持つアララギが終刊した。

平成10年（一九九八）

一月、新アララギ誌創刊。創立会員は約三千名に達し、その代表となる。五月、第一回新アララギ全国歌会が千葉県の九十九里町にて開催、数百名が出席した。

平成12年（二〇〇〇）

「短歌現代」十二月号アンケートの「作品を読みたい現代歌人」の男性の部で最高票数を得た。

平成13年（二〇〇一）

新アララギ一月号の「柴生田稔作品合評」の作品選出と歌評を担当。以降、平成十六年十二月号まで、四十八回執筆。十月、「子規百年祭」（松山）に出席し、講演「子規の百年に」。

平成16年（二〇〇四）

八月、「八・一五を語る歌人のつどい」で講演「私の八月十五日」。「文藝春秋」九月号、「同級生交歓」の写真欄にて旧制諏訪中学の同級生、松澤有氏（美術家）、宮坂宥勝氏（真言宗智山派管長）との交友ぶりが掲載された。

平成17年（二〇〇五）

三月、短歌新聞社賞を受賞した。

平成22年（二〇一〇）

七月四日、新アララギ代表を退任、吉村睦人が新しい代表となった。九月十三日、NHK短歌教室へ行く途次、熱中症にて倒れ、救急車にて新葛飾病院へ入院。その後、長女伊達由美子の看護を受けつつ、入退院をくり返す。食欲なく、次第に衰弱する。

平成23年（二〇一一）

四月十六日、午前十時十六分、済生会向島病院にて肺炎のため死去。四月二十日、台東区今戸の長昌寺にて通夜、翌二十一日告別式。戒名、仰岳院嘉詠日伸居士。墓所は千葉県八千代市の八千代霊園にある。

＊本年譜は、平成七年までは自撰に従い、それ以後は雁部貞夫が補った。

「あとがき」に代えて──戦後アララギを背負った歌人

本書はかつて「現代短歌新聞」の平成二十五年一月より三十年八月に及び六十八回にわたり連載された文章を一本にまとめたものである。戦後アララギの盛期（昭和三十年代〜四十年代）を支え、さらに平成九年に至り終刊することとなる、アララギ最後の歌人と言ってもよい宮地伸一の精選された昭和期に刊行された三つの歌集から個人的にも忘れ難い作品を採り上げ、その歌の鑑賞、解説を試みたものである。

その歌集とは次の三つの歌集である。⑴『町かげの沼』（昭39、白玉書房刊）。昭和十七年から三十八年に至る作品六百四十首を収めた。⑵『夏の落葉』（昭56、短歌新聞社刊）。昭和三十九年から五十三年に至る作品五百二十七首を収めた。⑶『潮差す川』（昭62、短歌新聞社刊）。昭和五十四年から五十九年に至る作品二百八十二首を収めた。

右のそれぞれの歌集所収の作品は単純計算すると一年当り四十首か五十首しか収載されていない、極めて厳選された歌集ということになる。これが平成年代に上梓された『葛飾』（平16）や同じ年に刊行の『続葛飾』（平16）になると所収歌数も多く、一年当り八十首ほどになる。

昭和期戦後に上梓された前述の三つの歌集にこそ宮地氏の作品世界が凝縮されており、事物の核心をつかみとり、その折の心象をも描き出す簡明にして鋭い表現を学ぶためには最良のテキストと信ずる次第である。

なお、平成期の『葛飾』など多くの作品にはより自在な豊かな作品世界の展開が見られるが、それらについては、私になお余力の残されていれば、再び『宮地伸一の秀歌・平成篇』といったような書を刊行することも可能かも知れない。

本年（令和二年）の一月から「新アララギ」誌上に於て、「宮地伸一作品合評」の連載が始まった。新アララギの会員はもとより、いわゆる「歌壇」の人々からも、決して偉ぶるところのない、情に厚く、ユーモアに富んだ宮地氏の人柄や作品は親しまれて来た。氏の風貌も記憶に新しい事と思う。これから何年も続くことになる「合評」のためにも、本書が少しでも役立つことになれば、著者として本望である。

中学生の頃に宮地氏に出会ってから、ほぼ六十年の長きに渉って歌の世界で同行。特に京都で行われた「林泉」歌会では約二十年、「しまなみ海道」の今治の人々との「島歌会」も二十五年にわたり二泊三日の旅を同行した。およそ百数十日に及ぶ寝食を共にしたことになる。他にも北海道、東北の歌会へも毎年同行した。今おもえば気が遠くなる程の日数である。そうした折々の雰囲気がいくらか、この本の隠れた部分にかくし味のような役割を果しているかも知れない。

さいごになりましたが、新聞連載時より今日に至る迄、さまざまにご配慮下さった現代短歌社の真野少氏はじめ、装幀の田宮俊和氏ならびにスタッフの皆さんに厚くお礼申し上げます。

そして、歌を詠む人々に次の箴言を捧げます。

〝情感あふれる言語はみな音楽的な響き——たんなるアクセントを超えた快い音律——を持っている。激昂した人のことばでさえ、旋律を持った歌になる〟（T・カーライル）

宮地伸一先生逝いて九年目の春がもうすぐ到来するが、その温顔を偲びつつ擱筆することにしよう。

令和二年二月末日

「林泉」高松歌会を目前にして

雁部貞夫

宮地伸一の秀歌

発行日　二〇二〇年四月二十四日
著　者　雁部貞夫
発行人　真野　少
発　行　現代短歌社
〒一七一—〇〇三一
東京都豊島区目白二—八—二
電話　〇三—六九〇三—一四〇〇
発　売　三本木書院
〒六〇二—〇八六二
京都市上京区河原町通丸太町上る
出水町二八四
装　幀　田宮俊和
印　刷　創栄図書印刷

ISBN978-4-86534-328-1 C0092 ¥2600E